스텝이
엉키지 않았으면
몰랐을

# 스텝이
# 엉키지 않았으면
# 몰랐을

**엄마의 잃어버린 시간 찾기**

은수 지음

이비락樂

내 이름으로 된 책을 내면 글을 더 잘 쓰게 될 줄 알았다. 아무도 보지 않는 글을 혼자 쓰는 게 자유롭고 편하기도 했지만, 제대로 쓰고 있는 건지 의문이 들 때는 답답했다. 책을 내고 작가라는 호칭을 듣고 독자들에게 어떤 비평을 받게 되면 자신감도 생기고 한편으로는 글도 더 정교하게 다듬을 테니 '쓰는 사람'으로서 더 성장할 거라고 생각했다.

처음에는 이런 기대가 실현되는 것 같았다. 지난해 첫 책이 나온 직후 날마다 독자들의 리뷰를 꼼꼼히 읽었다. 혼자 간직했던 이야기가 독자들의 삶에 닿아서 공감을 얻고 심지어 누군가에게는 위로가 되었다. 부족한 글에 과분한 응원을 보내준 독자들도 있었다. 책을 내기 전에 잠깐 생각은 했지만 비현실적인 소망 같아서 혼자 민망해하며 얼른 끝냈던 상상이 실제로 이루어진 것이다.

들뜬 기분으로 독자들의 리뷰를 찾아 읽었는데 누군가의 리뷰에서 훅 숨을 들이마시며 긴장했다. 내 책을 읽으며 울기도 많이 울었지만 큰 위로를 받았다면서 '은수 작가님은 분명히 좋은 사람일 거다'라고 쓴 글이었다. 이렇게 좋은 책을 쓴 사람은 좋은 사람일 거라는 칭찬이었는데, 마치 영화 〈증인〉에서 너무나 티 없이 맑은 소녀 지우가 세상과 타협한 주인공 변호사 순호에게 '당신은 좋은 사람입니까?'라고 물은 것처럼 나에겐 질문으로 들렸다.

"나는 좋은 사람일까?"

내가 좋은 사람이라고 생각해본 적이 별로 없다. 나는 늘 혼란스러워했고 갈피를 잡지 못한 채 엉뚱한 선택을 하곤 했으며 그래서 뒤늦게 후회하고 다른 사람을 원망하기도 했다. 내 소신이나 인생철학을 삶 속에서 제대로 실현하지도 못했고 가지 않은 길을 두고 회한에 젖어 무기력했던 나날도 많았다.

혹시 내가 쓴 글이 실제 나 이상으로 포장된 건 아닐까, 진실하지 못했던 건 아닐까, 스스로 의심을 하기 시작하니 숨쉬기처럼 자연스러웠던 글쓰기가 멈춰버렸다. '나는 좋은 사람일까?'라는 질문 앞에 머릿속 모든 글감이 블랙홀처럼 빨려 들어갔다.

좋은 사람만이 좋은 글을 쓸 수 있다는 생각에 사로잡혀 한 문장을 쓰는 데도 썼다 지웠다를 수없이 반복했다. 있는 그대로 정리되지 않은 생각을 쓴 글은 마음에 안 들었고 다듬고 고쳐 쓴 글은 내가 아닌 것 같았다. 습관적으로 현관문 앞에서 손이 눌렀던 비밀번호를 다른 사람에게 말하려니 생각이 안 나는 것처럼, 어떻게 글을 쓰는지 잊어버린 사람마냥 아무 글도 안 써졌다. 글과 삶은 분리해서 봐야 한다거나 에세이라 해도 다큐가 아니기에 사실 그대로를 쓰는 건 아니라는, 어디선가 본 작문 이론으로 나를 설득하려고 애썼지만 마음속에 자물쇠가 채워진 것같이 어떤 문장도 나오지 않았다.

막막했던 그때 도서관을 자주 찾았다. 도서관에 가서 뭐라도 읽으면 마음이 좀 편안해졌다. 그녀를 본 것도 도서관 소파에 몸을 파묻고 잠시 쉴 때였다. 그녀는 생머리를 길게 늘어뜨리고 있었다. 옆엔 서너 살쯤 되는 아이가 기대앉아 그림책을 뒤적이고 있었다. 편안하게 열람실 의자에 앉아 아이와 함께 책을 보는 모습이 인테리어 잡지 속 한 장면처럼 우아해 보였다.

서너 살 아이를 키우던 오래전 내가 떠올랐다. 이곳은 신도시라 그런지 젊은 엄마들이 많은데 아이를 키우느라 바쁜 와중에도 그녀들은 깔끔하고 단정하게 하고 다녔다. 아무렇게나 질끈 머리를 묶고 다니던 그 시절 나랑 너무 달라서였을까. 엄마들이 지나가면 아가씨 같고 예쁘다는 생각에 한 번 더 쳐다보고, 나도 한때는 젊은 엄마였는데 싶어 슬그머니 부럽기도 했다.

그때 나는 머리 한번 빗을 시간도 없이 밥하고, 청소하고, 아이 키우는 똑같은 일상을 반복했다. 몸은 늘 바빴지만 마음에는 지루함이 가득했던 시절, 누가 집으로 불러주면 그렇게 좋았다. 우리 집 바닥은 항상 끈적끈적하고 거실엔 아이 장난감이 어지럽게 늘어져 있는데 마음 좋은 이웃이 말끔하게 단장한 집으로 초대하고 커피라도 내려주면 고마웠다. 아이도 이상하게 낯선 집에 가면 안 보채고 잘 놀아서 누군가의 초대를 애타게 기다리곤 했다. 이렇게 쾌적하고 넓은 도서관이라도 가까이에 있었다면 누가 안 불러주나 두리번거리고 다니지 않았을 텐데 싶어 그 시절 내가 공연히 불쌍하게 느껴졌다. 지나간 시간을 돌이키며 상념에 젖다가 문득 그녀를 다시 보았다.

어느새 그녀는 졸고 있었다. 찬찬히 다시 보았더니 늘어뜨린

머리는 끝이 푸석푸석 갈라져 있고 맨발로 신은 슬리퍼 사이로 발가락은 아무렇게나 나와 있었다. 졸고 있는 얼굴에서 피곤이 느껴졌다. 꾸벅꾸벅 졸고 있는 엄마를 잠시도 가만 못 두고 아이는 이거 해 달라, 저거 해 달라, 떼를 부렸다. 억지로 눈을 치켜뜬 그녀가 아이 손에 이끌려 도서관 밖으로 사라졌다.

멀어지는 그녀를 보며 생각했다. 저렇게 한시도 아이에게 자유로울 수 없는 시간이 지나면 그녀를 기다리는 건 뭘까. 어느 날 갑자기 10여 년이 흐른 걸 깨닫고 나처럼 당황스러운 마음을 주체하지 못해 또 한번 힘든 시간을 보낼까. 겉보기와 달리 오래전 나와 마찬가지로 아이 키우느라 고달픈 그녀도 누군가의 초대를 기다릴까.

그녀가 안락한 어디에선가 좀 쉬며 여유 있게 이야기도 하고 앞날에 대한 구상도 해보면 좋겠다는 생각이 들었다. 내 집에 초

대해서 아이 키우는 고민, 엄마로서 느끼는 기쁨과 애환, 자신의 정체성을 찾고 싶은 소망 등 이런저런 이야기를 나누면 어떨까 상상했다. 그녀가 오기 전에 아마 난 온 집안을 치우느라 바쁠 거다. 거실을 구석구석 닦고 식탁도 정돈한 후에, 아끼는 커피를 내리고 기다릴 것이다.

누군가를 초대하기 위해 분주한 나를 상상해 보니 그런 생각이 든다. 평소에 흐트러진 집도 내 집이지만 손님을 맞기 위해 단장한 집도 내 집이다. 아침볕이 따사롭게 스며드는 집이나, 장맛비가 들이치는 집이나, 내가 사는 집이란 사실에는 변함이 없다. 글이란 것도 마찬가지 아닐까. 일상을 사느라 지치고 가끔은 속물적이기도 한 내가 드러나는 글도 있지만, 독자를 만나기 위해 긴 시간 단련한 끝에 나온 정갈한 글도 있다. 격정적인 마음이 쏟아진 글이나 평온한 마음을 담은 글이나 모두 내 글이고 나이기도 하다.

그날 실마리가 조금 풀린 느낌 덕인지 용기를 내서 다시 글을 쓰기 시작했다. 가끔 글이 막다른 골목에서 막힐 때면 그녀를 떠올리며 독자라는 손님을 맞기 위해 부지런히 읽고 쓰는 내가 되자고 스스로를 독려했다.

혹시라도 그녀가 이 책을 보게 될까? 서너 살 아이를 데리고 서점이든, 도서관이든 들렀다가 우연히 그녀가 이 책을 읽고 지친 마음에 얼마간의 생기라도 회복한다면 그녀에게 작은 보답을 하는 기분이 들 것 같다.

# 텅 빈 시간

# 시간을
# 지켜낸다는 것

박스를 열어 보니 알싸한 냄새가 났다. 깻잎이었다. 마트에서 한꺼번에 2,000원어치 이상 사본 적이 없는 깻잎이 박스 가득 차곡차곡 쌓여 있었다. 곧이어 울리는 전화벨 소리.

"이번에 딴 깻잎이 좋더라. 깻잎김치 담가 먹으면 정말 맛있다, 얘야."

시어머니의 목소리에는 며느리가 맛있는 깻잎김치를 담가 식탁에 올릴 것을 기대하는 들뜸마저 있었다. 아마 평소 같으면 편하게 '네'라고 대답했을지 모르겠다. 좋은 게 좋은 거라고.

그런데 무슨 심통이 났는지, 그날따라 창문 틈으로 들어오는 더운 밤바람이 거슬렸는지, 세탁실 유리문 너머 아무렇게나 쌓여 있는 세탁물이 공연히 눈에 밟혔는지 퉁명스러운 한마디가 나갔다.

"어머니, 저 깻잎김치 담글 줄 몰라요."

17

나의 무뚝뚝한 한마디에도 어머니는 굽히지 않고 깻잎김치를 맛있게 담그는 법에 대해 장황하게 설명할 기세였다. 이번에도 평소라면 하지 않을 어깃장을 놓았다.

"제가 알아볼게요. 인터넷으로 찾아보면 돼요."

어머니도 그다지 유쾌하진 않으신지 그날 통화는 서로 찜찜하게 끝났다. 전화를 끊고 산처럼 쌓인 깻잎을 노려보았다. 부모가 농사 지어 자식 먹으라고 손수 부쳐 준 '고마움'의 상징 같은 깻잎이 무심하게 나를 보았다. 나는 왜 네가 달갑지 않은 걸까.

나도 틈틈이 일을 하지만 워킹맘이라고 하기엔 애매하다. 그래서인지 워킹맘보다는 전업주부에 한 발 더 가까이 있는 느낌이다. 죄 없는 깻잎이 미웠다기보다는 전업주부의 시간은 다른 사람이 함부로 해도 된다고 생각하는 발상에 화가 났다. 요즘 구상하는 일도 있고 마음이 바빠서 산더미 같은 깻잎을 차분히 한장한장 씻고 인터넷으로 만드는 방법 뒤져 가며 깻잎김치를 담글 생각은 없는데 그 많은 깻잎을 어찌해야 할지 난감했다.

예전에 시어머니가 옥수수를 한 박스 보내고 '오늘 당장 삶아 먹어라, 아니면 맛없다'라고 전화를 했을 때도 땀 뻘뻘 흘리며 그 많은 옥수수를 다 삶았다. 그날 예정되어 있던 여러 일정은 다 미루고.

전업주부의 하루도 그 나름대로 계획과 구상이 있다. 하지만 갑자기 훅 들어오는 여러 일들을 방어할 정도로 위력이 있지는 않다. 그날 읽을 책 목록이나 들르기로 했던 서점은 옥수수를 삶아 먹으라는 시어머니의 주문 앞에 맥없이 밀려났다. '저 서점 가야 하니까 오늘 옥수수 못 삶겠어요'라고 말하기엔 입이 떨어지지 않았던 것이다. 그나마 도서관이나 학원에 수업하러 갈 때는 '수업이 있어서 바쁘다'라고 말할 수 있다.

돈 버는 일이냐 아니냐에 따라 내가 방어할 수 있는 정도가 달라진다. 남편에게도 '오늘 수업 있으니 당신이 일찍 들어와서 둘째 좀 챙겨 달라'라고 말할 수는 있어도 '오늘 읽을 책이 많아서 도서관에 갈 테니 당신이 일찍 퇴근했으면 좋겠다'라는 요구는 안 하게 된다. 누가 시킨 것도 아닌데 그렇게 된다.

고미숙 작가의 『조선에서  백수로 살기』라는 책에서는 화폐의 가치에 몰수되지 않고 '잉여 시대'를 사는 법을 줄기차게 설파하고 있다. 작가는 '화폐가 삶의 유일무이한 척도인가?'라는 의문을 가질 것을 강조한다. 화폐를 무진장 확보해도 공황장애 등 불행을 겪는 사람들의 이야기도 나온다. 직장을 갖고 돈 버는 것이 삶의 목표는 될 수 없다고.

당연히 동의한다. 그런데 가끔 화폐가 아니면 자신의 시간조차

1장 텅 빈 시간

마음대로 통제할 수 없는 자본주의 사회에서 화폐의 논리를 얼마만큼 외면하고 살 수 있는지 의문이 든다. 특히 결혼 생활은 수시로 다른 가족 구성원의 일이 내 일처럼 얽혀 버리는 일상의 연속인데 전업주부가 자기 시간을 지켜 내는 것은 참 어렵다는 생각이 든다. 감기 걸린 아이를 병원에 데리고 간다거나 남편의 세탁물을 빨리 맡겨야 한다거나 갑자기 당겨진 아이의 학원 시간에 맞춰 저녁을 차려야 하는 등의 흔적을 남기지 않는 사소한 일 같지만 그렇다고 미룰 수 없는 급한 일에 나의 일은 '미뤄진다'.

가끔은 나도 출퇴근하는 직장에 다니며 책을 읽고 글을 쓰고 싶다. 짬짬이 책 읽고 글 쓰며 수업하는 일상도 견딜 만하고 그 나름대로 장점도 있다고 생각하지만 내 시간이 존중받지 못하는 순간들을 대면할 때면 회의가 드는 것이다. 그렇다고 직장 다니는 사람들이 자기 몫의 시간을 오롯이 자신에게 쓴다고 느끼며 만족하는 경우도 드물겠지만 지금의 나처럼 일과 살림과 육아, 그리고 시댁과의 관계 속에서 아무렇게나 엉켜 버리는 산만한 피로감은 아니지 않을까 싶다.

사람들은 자기 시간을 지키기 위해 돈을 벌러 나가는 걸까? 돈을 벌기 위해 그저 시간을 쓰고 있는 걸까? 당장은 결론이 안 날 것 같다.

# 오전 8시 30분, 공백의 시간

아침이었다. 휴대폰에 뜬 전화번호를 본 순간 직감했다. 합격했구나.

"언니! 저예요!"

"전화한 거 보니 합격했구나?"

"네!"

전화를 받을 때만 해도 정말 축하해 줄 마음이었다. 조금 과장되게 환호도 해줄 생각이었다. 그런데 애써 밝게 대꾸하는 목소리와 달리 어쩐지 표정은 일그러지는 느낌이었다.

"와, 진짜 축하해. 고생 많았어."

"감사해요, 언니."

아이를 양가 어머니들에게 맡기며 공부하느라, 몸도 마음도 지친다고 하소연하던 모습이 스쳐 지나갔다.

"대단해. 애 엄마가 이렇게 어려운 시험을 보고."

"예전에 언니한테도 같이 공부하자고 했는데. 기억나세요? 아쉬워요. 요번에 사람 진짜 많이 뽑았거든요. 우리 스터디원들 다 붙었어요!"

"나야 뭐, 그럴 정신이 있었나. 하여튼 애썼어."

"이제 돈 번다고 유세하는 남편한테도 큰소리치려고요. 사기업 다니는 남편보다 제가 더 오래 다닐걸요?"

"그럼, 워킹맘인데. 그것도 공무원! 멋지다!"

"고마워요, 조만간 만나요. 제가 점심 쏠게요."

전화를 끊고 창밖을 보며 한참 서 있었다. 너무 일찍 만개한 벚꽃을 아무 감흥 없이 바라보다 문득 시계를 보니 8시 30분이 막 지나고 있었다. 엄마 손 잡고 학교 가던 둘째도 이제 준비물까지 제법 꼼꼼하게 챙겨 '다녀오겠습니다!' 또랑또랑 말하며 일찌감치 집을 나섰고, 어젯밤까지만 해도 학교 가기 싫다고 투덜대던 첫째도 늦었다며 뛰어나갔다. 방방마다 아이들이 급하게 벗어 놓고 간 옷가지가 아무렇게나 어질러져 있고, 시간에 쫓긴 가족들이 먹는 둥 마는 둥 남기고 간 아침 식탁이 눈에 들어왔다.

아직 해가 온전히 들지 않은 거실은 어둑어둑했다. 할 일을 제쳐 둔 채 옅은 그늘에 묻힌 소파에 가만히 앉았다. 친하게 지내던 동생이었다. 쉽게 속을 터놓을 수 없는 동네 엄마들 속에서 그래도 관심사와 취미가 통했고, '경력 단절녀'의 애환을 나누는 벗이었다. 직장 생활하던 당시를 그리워하며 함께 인생 이모작을 꿈꾸던 동지였다.

그런데 이렇게 혼자 취업했다. 아니, 혼자만 살길을 찾았다고 서운해할 수도 없다. 예전에 그녀가 같이 시험 준비를 하자고 말했다. 그 제안을 집중해서 듣지 못한 건 내 탓이다. 둘째 아이 발음이 좀 부정확해서 언어 치료를 받아야 하나 고민하던 때였던가, 생일 파티에 초대받지 못한 첫째를 걱정할 때였던가, 시어머니 병원 검사 결과가 나오는 날을 깜빡 잊고 있다가 '어떻게 검사 결과가 나오는데 전화 한 통 없느냐'고 서운해하는 시어머니의 마음을 풀어 드리려 애쓴 날이었던가.

시간이 흐르고 보니 둘째의 발음은 아무 문제 없었고, 첫째는 좋은 친구들을 만나면서 고민이 해결됐으며, 시어머니 병환은 나아지셨다. 가족들에게 일어나는 크고 작은 문제들에 마음 쓰느라 딴에는 고민 끝에 같이 공부하자고 제안한 그녀의 말을 흘려들었다. 그녀가 공부하느라 정신없다고 할 때 나도 늘 뭔가에 바빴다. 시험을 본다고 했을 때도 그 흔한 엿 하나 사주지 못했다.

그런데 이제 와서 혼자 취업한 그녀에게 알 수 없는 질투심을 느끼고 있다. 그나마 말 통하던 지인이 내 시간에서 사라진 게 슬

1장 텅 빈 시간

픈 걸까? 악착같이 공부해서 취직한 그녀에 비해 나는 모자란 사람 같아서 서글픈 걸까?

'아……'

8시 30분. 시간의 공백이 갑자기 두려워졌다. 어제까지만 해도 가족들 뒤치다꺼리를 한바탕 끝내고 커피를 내려 마시는 여유로운 시간이었다. 이때쯤 그녀와 골목 카페를 찾아다니기도 하고 한적한 절로 같이 놀러 갔던 기억이 떠올랐다. 그러나 이제 그녀는 이 시간에 가족들 배웅 대신 출근을 하겠구나. 자신을 불러 주는 일터로 갈 거고 해야 할 업무가 있을 거다. 출근하자마자 메일함을 확인하고 수시로 울려 대는 전화를 받고 일 관계로 누군가와 만날 약속을 정할 거다.

나를 기다리는 건 뭘까. 딱히 의무적으로 갈 곳도, 할 업무도, 만날 사람도 없는 텅 빈 일과. 아이들이 올 때까지 어디에서 무엇을 해야 할지 생각하니, 손도 못 대게 어려운 수학 시험지를 받았을 때처럼 머릿속이 하얘지는 기분이 든다.

사실 10여 년 육아 끝에 온 자유 시간이라고 얼마나 설레면서 기다렸는가. 아이가 어릴 때는 화장실도 한번 여유 있게 못 가고 허겁지겁 마시는 믹스커피 한잔이 유일한 낙이었다. 100일만 지나면 나아질까, 돌만 지나면 편해질까, 유치원만 가면 여유가 생

24

길까, 날짜를 세며 기다렸다.

아이들이 유치원에 입학한 후에도 바쁜 일과는 변함이 없었다. 등원 버스를 놓치기 일쑤인 아이들을 느지막이 데려다주고 잠시 집안일을 하다 보면 금세 아이들 하원 시간이었다.

"엄마, 오늘 유치원에서 씨앗을 심었어요!"

유치원 버스에서 내리자마자 종알종알 이야기하는 아이들. 여린 풀꽃처럼 작고 가냘픈 아이들이 그래도 유치원에서 씩씩하게 하루를 보낸 것에 안도했다. 아이들은 집에 그냥 들어오는 법 없이 먼저 놀이터에 들렀다. 놀이터에 가면 올망졸망한 또래 아이들이 미끄럼틀 사이로, 뚝 떨어지는 그네 사이로 아슬아슬하게 뛰어놀고 그 옆에서 풀꽃 같은 아이들이 다칠세라, 넘어질세라 쫓아다니며 돌봐 주는 엄마들, 혹은 잠시 한숨 돌리며 담소를 나누는 엄마들이 군데군데 소복한 꽃 무더기처럼 자리 잡고 있었다.

지루한 오후 햇살 아래서 그 시간은 참 오랫동안 계속됐고 언제 끝날지 기약이 없어 보였다. 삐걱거리는 시소 소리, 떠들썩하고 앳된 아이들 목소리, 엄마들 웃음소리, 길 건너 초등학교 운동장에서 나는 음악 소리. 아이들을 키우는 시간은 늘 분주하고 소란스러웠다.

푹 꺼진 소파에 앉아서 비로소 깨달았다. 그 시간들이 지나갔다는 것을. 영원히 계속되지는 않을 거라는 걸 알고 있었다. 하지만 이렇게 내 호흡을 가다듬을 새도 없이, 리모컨 전원 버튼을 누른 것처럼 갑자기 끝날 줄은 몰랐다. 아이들을 아무리 키워도 계속 내 손길이 필요하다고, 무슨 화수분도 아니고 육아는 왜 끝이 안 나고 할 일을 계속 뱉어 내느냐고 한탄한 게 그리 오래전 일도 아닌데 하루를 어떻게 보내야 할지 몰라 당황스러운 8시 30분은 그렇게 불쑥 찾아왔다.

교토에 갔을 때 가이드가 한 말이 있다. 이곳 사람들은 손님과 이야기를 한참 나누다가 '차를 더 드실래요?'라고 묻는데 그 말은 어서 집에 가달라는 뜻이라고 한다. 향기로운 차에 취해 주인의 진의를 알아차리지 못하고 앉아 있으면 안 된다. 그 말이 나오면 얼른 일어서야 한다.

아이들의 재잘거림에 흠뻑 빠져 커가는 아이들의 뒷모습을 못 봤나 보다. 일어나야 할 때를 놓친 교토의 손님처럼 '엄마' 자리에서 '나'의 자리를 찾아가야 할 때를 챙기지 못했는데 육아로 분주했던 일상이 갑자기 비었다. 그 공백을 무엇으로 채워야 할지 구상도 제대로 못했는데 매일 오전 8시 30분은 정확히 찾아올 것이다. 아침마다 떠밀리듯 텅 빈 시간으로 쫓겨날 거라는 생각에 두려움이 밀려들었다. 거실의 평화와 고요가 순식간에 음울한 적막으로 변했다. 익숙한 집 안을 처음 둘러보는 사람처럼 불안하게 서성였다. 짧은 순간에 무슨 일이 일어난 건지 이해해 보려 했지만 그럴수록 답답함만 더해 갔다.

지금도 그날 아침의 나를 어떻게 설명해야 할지 모르겠다. 아는 동생의 취업이 너무 부러워 질투에 몸이 달았던 걸까? 일할 기회를 놓친 기분이 들어 안타까웠던 걸까? 아니면 '빈 둥지 증후군'을 뒤늦게 자각한 걸까?

확실한 것은 그녀의 전화가 10여 년간 마음속에 켜켜이 쌓인 갈등, 그러나 엄마의 의무를 다하느라 봉인한 채 건드리지 않았던 갈등을 한꺼번에 불러냈다는 것이다. 내 마음은 요동치는데 여전히 평화로운 척 시미치를 떼고 있는 집 안 구석구석의 풍경에 알 수 없는 무력감마저 느꼈다. 소파에 아무렇게나 몸을 욱여넣었다. 시계는 아직도 8시 30분 언저리를 헤매고 있었다.

# 조각난
# 내 시간

체호프의 단편「자고 싶다」에는 아기를 돌보느라 잠을 못 자는 소녀 바리까 이야기가 나온다. 소설을 읽으면서 정말 체호프가 아기를 밤새 돌본 적이 있나 궁금해졌다. 어쩌면 그렇게 아기 돌보며 잠 못 자는 고통을 생생하게 그려 냈을까.

그건 졸음을 참는 수험생의 고통에 비할 바가 아니다. 책상에 앉아서 내려앉는 눈꺼풀을 치켜뜨는 것도 고통스러운데 3~4킬로그램의 생명체를 업고서, 운이 좋으면 앉고, 더한 경우 서서 밤을 새우는 고통은 겪어 보지 않은 사람은 모른다.

큰아이가 100일도 안 됐을 때다. 내 품에서 보채다 겨우 잠든 아기를 깨우지 않으려고 손가락 마디마디 힘을 주면서 가만가만 침대에 눕혔다. 그러나 아기는 이불의 바스락 소리에도 움찔 놀라서 깨어 울기 시작했다. 처음부터 다시 시작이었다. 아기 띠도 거부하는 아기를 품에 안고서 왔다 갔다 계속 움직였다. 잠시라도 걸음을 멈추면 세상 떠나갈 듯 우는 아기 때문에 불도 못 켠 어두운 거실에서 아기를 안고 끝없는 행군을 해야 했다.

새벽 4시쯤 됐을까. 아기를 안고 졸면서 걷다가 순간적으로 휘청거렸는데 하마터면 아기를 떨어뜨릴 뻔했다. 다치지 않아서 다행이라는 잠깐의 안도감 뒤에 왜 그리 서러움이 밀려들던지. 아기가 깰까 봐 소리도 못 내고 숨죽여 울었다. 제자리에서 빙빙 돌며 눈물의 행군을 했다.

하룻밤은 그렇게 길었다. 그때는 시간이 느리게 간다고 생각했는데 정신을 차려 보니 10년이 훌쩍 흘러 있었다. 하룻밤의 결은 그토록 촘촘했는데 10년은 이렇게 성기게 갈 수 있는 걸까? 도대체 무슨 일이 일어난 걸까? 언제까지나 품 안에서 보챌 것 같던 아기가 지금은 '이제 내가 엄마보다 좀 큰데?'라며 나를 내려다본다. 나 몰래 수많은 일출과 일몰이 빨리 감기를 한 게 아닌가 싶을 정도로 어안이 벙벙하다. 시간이 흐르고, 아이들은 크고, 나는 나이 들어간다는 사실을 처음 안 것처럼 당황스럽다. 세월이 흘렀다는 걸 이해할 수 없다.


"나 분명히 스물여덟 살이었는데 눈 떠 보니까 마흔이 넘었어요. 이거 어떻게 해요? 바보도 아니고 왜 나이 든 걸 이해할 수가 없죠? 내 머릿속에 시간을 인지하는 어떤 회로가 고장 났나 봐요. 누가 내 시간을 몽땅 훔쳐 간 것 같고, 무슨 시간 보이스 피싱을 당한 것 같아 억울하기까지 해요."

나보다 몇 살 위인 이웃 언니에게 하소연했다. 언니는 이미 겪은 걸까? 그저 웃으며 듣고만 있다 불쑥 한마디를 내뱉는다.

"자기도 왔나 보구나."

"뭐가요?"

"내 주변에 많이들 그래. 얼마 전에도 자기 또래 엄마가 얼마나 힘든지 가만히 있지를 못하더라고. 혼자 기차를 타고 지방에 내려 갔다 오고 미친 듯이 아무 산이나 오르락내리락하고. 집에 있으면 심장이 터질 것 같다면서 동서남북을 다 누비고 다니더라고."

"아, 나 누군지 모르지만 그분 만나서 이야기를 나누고 싶어요."

"거기도 자기랑 비슷해. 이제 둘째까지 좀 커서 시간이 나기 시작했어."

"시간이요?"

"그래, 생각해 봐. 자기가 힘들다고 이야기한 게 둘째가 혼자 학교는 물론 학원까지 다니게 되면서부터야. 애들 좀 키우고 한숨 돌리게 되면서 자기처럼 힘들어하는 엄마들 많아."

'애들 좀 키우고 한숨 돌리게 되면' 하고 싶은 일이 얼마나 많았던가. 이것저것 배우고 기회가 되면 일도 다시 할 거라고 야무진 계획도 세우지 않았던가. 이력서를 내려고 사진도 먼 곳까지 가서 찍었다. 동네 사진관도 있었지만 인터넷에 '증명사진 잘 찍는 곳'을 검색해서 일부러 찾아갔다. 미용실에 들러 머리 손질도 하고 상반신만이라도 단정하게 나오도록 옷장을 뒤졌다. '출근룩' 같은 게 있을 리 없는 옷장을 신경질적으로 열었다 닫았다 몇 번을 거듭한 끝에 제법 '커리어 우먼'처럼 보이는 블라우스와 재킷을 찾아냈다. 옷장에서 혼자 시간을 견딘 유행 지난 옷일지언정 사진에는 괜찮아 보였다.

구직 사이트를 검색하고 각종 일자리 게시판을 뒤져 간신히 내게 맞는 구인 정보를 찾아냈다. 하루를 꼬박 공들여 이력서를 작성했다. 제대로 된 직장 경력은 오래전이었고 결혼한 뒤로는 듬성듬성 빈자리 많은 비정규직 경력뿐이었지만 원하는 인재상이 내 능력이나 경험과 맞아떨어진다고 생각했다. 사진을 스캔해서 이력서에 올리고 '보내기'를 클릭하는 순간 이미 상쾌한 출근길을 상상하며 가슴이 뛰었다. 그런데 며칠이 지나도 연락이 없어 궁금한 마음을 못 참고 전화를 했다.

"아, 안녕하세요? ○월 ○일에 이력서 낸 사람인데요."

"네, 검토했습니다."

"혹시 결과가 나왔나요? 이미 뽑은 건가요?"

"아……. 아직 채용은 하지 않았고 심사 중인데요. 그런데 죄송하지만 저희는 젊은 사람을 원해서요."

무슨 말인가 잠깐 생각해야 했다. 채용 공고에 나이를 명시했거나 확실하게 신입을 뽑는 내용이었으면 응시도 하지 않았을 것이다. 나이에 대해 아무런 공지도 없었는데 갑자기 '젊은 사람'을 뽑고 싶어 하는 인사 담당자에게 뭔가 따져야 할 것 같은데 아무 말도 못 하고 전화를 끊었다.

형용사의 두루뭉술함이 숫자의 서늘함보다 더 잔인한 순간이었다. '30세 이하'를 원한다고 말했으면 '나는 30세 이하가 아니다'는 사실만 받아들이면 됐다. 그러나 '젊은 사람'을 원한다는 말을 듣는 순간 나는 '늙은 사람'이 됐다.

아이들을 키운 세월은 눈부셨다. 팔뚝만 한 아기였는데 어느새 걷고 숨 쉬고 말하고 머리카락을 휘날리는 소녀가 되었다. 아이들에게 너그러운 세월에 깜빡 속아 내 시간이 정지되어 있는 줄 알았나 보다. 젊은 사람 대열에서 서서히 비켜나는 줄도 모른 채 가족을 위한 그림자 노동에 온 시간을 보냈다. 아이들이 노는 동안 놀이터에서 기다린 시간, 반찬거리를 사느라 장 보는 시간, 아픈 아이에게 시간 맞춰 해열제를 먹이려고 졸린 눈을 치켜뜨며 기다린 시간, 내 시간은 늘 조각나 있었고 그래서 흘려보낸 시간의 양이 피부로 다가오지 않았다.

'늙은 사람'으로 취급되는 순간에야 비로소 내가 놓친 시간이 가늠되었다. 토막 난 시간이 아니라 한꺼번에 쓸려 내려간 세월이었다. 시댁 뒷산에 허리춤까지 오던 벚나무가 있었다. 듬성듬성 꽃이 앉은 가지가 허전해 보였는데 아이들을 키운 10여 년 사이, 바람 새 나갈 틈도 없이 촘촘한 벚꽃을 가지마다 피우며 원두막에 그늘을 드리울 만큼 큰 나무로 변했다. 자연에는 위대한 세월이 나에게는 가혹했다. 깜깜한 거실에서 제자리 행군만 하며 시간을 가늠하지 못하고 있던 나를 늙은 사람의 자리에 갖다 놓았다.

세월이 갖다 놓은 자리에 우두커니 서 봤다. 그 자리에서 '창백한 푸른 점'에 불과한 지구에 얹혀사는 나의 시간 따위는 아무것도 아니었다는 우주적 깨달음을 얻은 건 아니었다. 오히려 찰나에 불과한 내 인생이지만 그렇기에 더욱 붙잡아야 한다는 안타까움이 깊어졌다. 지나간 10년을 돌아보고 우물쭈물하는 새 다가올 10년, 20년, 혹은 30년 뒤에 또 같은 회한에 젖을까 두려운 마음도 들었다. 세월이 아무 자리에나 나를 갖다 놓기 전에 내가 움직여야 한다는 조바심이 일었다. 어디로 움직여야 하는지 아직은 모르지만 말이다.

# 명함 없는 삶

주차장에서 사소한 접촉 사고가 났다. 내 잘못이었다. 차주를 만나서 죄송하다고, 어떻게 처리해 줄까 물으니 크게 난 흠이 아니라서 자기도 어찌해야 할지 모르겠다며 툭 건넨 한마디.

"일단 명함 하나 주세요."

회사 지하 주차장인데다가 그날 나는 차림이 정장이었다. 그래서일까. 목에 사원증을 걸고 있는 그녀는 누구나 명함 하나 가지고 있는 세상에서 사는 듯 그렇게 무심히 나에게 명함을 달라고 했다. 줄 명함이 없는 나는, 가뜩이나 남의 차를 긁어서 소심해진 나는, 명함을 주고받은 게 까마득한 옛날인 나는 작은 목소리로 명함이 없으니 연락처를 알려 주겠다고 말했다.

그녀가 내 연락처를 휴대폰에 저장하자마자 어디선가 전화가 왔다. 그녀는 내게 가볍게 눈인사를 하고 전화로 어떤 업무를 지시하면서 총총히 사라졌다. 나와 비슷한 연배로 보였는데, 말투나 행동에서 사람을 많이 부려 본 느낌이 배어났다.

그녀가 사라진 후 낯선 주차장인데다가 당황한 마음이 채 가시지 않아서였는지 출구를 찾지 못하고 뱅글뱅글 한참을 돌았다. 남편을 따라 지방으로 내려온 이후 긴 세월 내 명함을 찾아 헤맸다. 사실 남편이 특별히 가부장적이거나 고정관념이 있어서 나에게 전업주부를 강요했던 적은 없다. 나도 서울에서 직장을 그만두고 내려왔지만 경력을 살려서 새로 취업할 계획이었다. 그러나 임용 시험에서 떨어지고 슬퍼할 겨를도 없이 임신과 출산을 거치면서 명함과는 점점 멀어졌다.

제2의 커리어를 준비할 시간도, 체력도, 마음의 여유도 없으면서 그렇다고 아이를 키우는 데 온전히 집중하지도 못하는 나날이 이어졌다. 이대로 나이 들면 어쩌나 초조함에 일을 구하기도 했지만 경력을 살리는 일자리를 선택하기보다는 '아이 어린이집 갔다 올 동안 할 만한 일자리'를 찾는 데 급급했다. 불안정한 저임금 노동 시장으로 편입될 수밖에 없었다. 출판 업무를 비롯해 각종 파트타임 일거리를 맡았고 그나마 운 좋으면 기간제 교사를 했다. 그런 자리는 임금은 둘째치고 아이가 아파도, 어떤 사정이 있어도 휴가를 쓰기 어려웠다. 정규직 여성들도 육아를 이유로 휴가를 쓰면 눈치가 보이는 상황에 비정규직은 말할 것도 없었다. 심지어 둘째를 낳고 조리원에 있는데 기간제 교사를 하라고 연락이 오기도 했다.

"국어 교과를 맡아 주시면서 교지 편집도 좀 봐주세요. 경력을 보니까 잘하실 것 같아서 꼭 오셨으면 해요. 이 자리는 2년간 휴직할 선생님 자리인데 그분이 휴직을 연장할 계획이라 오래 하실 수 있어요. 선생님한테도 좋은 경력이 될 거예요."

인근에서 제법 명문이라고 소문난 학교의 나이 지긋한 교감 선생님이 직접 연락해서 꼭 와달라고 했다. 욕심이 났지만 꼬물거리는 핏덩이에 가까운 둘째를 보고 있자니 한숨이 나왔다.

"어쩌죠? 저도 하고 싶은데 제가 아기 낳은 지 이제 1주일밖에 안 됐어요."

"지금은 방학이니까 2학기 시작하려면 아직 3주 정도 남았어요. 그 정도 쉬고 나오시면 되지 않을까요?"

출산한 지 한 달 만에 하루 종일 서서 수업을 할 수 있을까? 중학교 영어 교사였던 친정 엄마는 '아기 봐줄 테니 하고 싶으면 하라고' 응원을 보내셨다.

"엄마, 한 달 만에 학교 나가도 될까?"

"나 때는 다 그렇게 했어. 요즘에야 시대가 좋아졌지만 나는 공립중학교 교사였는데도 출산 휴가가 한 달밖에 안 됐고 그 한 달 쉬는 것도 내가 사비 들여 대체 강사를 구해야 했지. 엄마도 한 달 만에 나가서 했는데 괜찮았어. 너 이제 자꾸 나이 들면 이런 기회도 안 오지 않겠니?"

하지만 산후 조리를 제대로 못하고 매번 학교에 복직해야 했던 친정 엄마가 아직도 건강이 안 좋으신 걸 생각하면 그렇게 괜찮지도 않을 거라는 생각이 들었다. 남편도 펄쩍 뛰었다.

"아기 낳은 지 한 달 만에 하루 종일 서서 수업을 할 수 있겠어? 몸에 정말 무리가 갈 거야. 아기는 또 어떨 것 같아? 장모님도 연세 드셔서 힘드실 거고 아기는 엄마가 키우는 게 더 좋지 않겠어? 네가 그렇게 무리해서 돈을 벌어야 하는 상황도 아니잖아. 내가 열심히 벌어 올게."


돈을 벌고 싶은 게 아니라 사회적으로 인정받는 일을 하고 싶다고, 당신은 모르겠지만 큰아이 키우면서 '나는 반드시 나간다'고 부엌 싱크대 안쪽에 써 붙여 놨다고 말하고 싶었다. 신생아 때 종일 엉덩이 한번 의자에 못 붙이고 24시간 풀가동되는 로봇처럼 움직였는데 시어머니는 '네가 일하는 것도 아니고 남편 내조 잘해야지'라고 말씀하시는 등 이 사람 저 사람한테 노는 사람 취급 받고 힘들었는데 둘째 키울 때도 그럴 게 빤히 보인다고, 차라리 일하러 나가고 싶다고 대꾸하고 싶었다. 내가 잘하는 걸 더 잘하고 싶다고, 이게 기회라는 거 모르겠느냐고 묻고 싶었다.

"그렇지? 아무래도 무리지? 아기도 이렇게 어린데……. 우리 엄마 허리도 안 좋으신데 못할 짓 시키는 것 같고. 안 한다고 학교에 연락할게."

학교에 못 한다는 전화를 한 후 침대에 걸터앉아 동물무늬 벽지를 보며 생각했다. 먼 훗날 핏덩이 아기를 다 키우고 다시 일하겠다고 면접장에 들어선 미래의 나를. '이때는 일 안 하고 뭐 했냐'고 묻는 면접관의 질문에 대답을 못하고 쩔쩔맬 모습이 눈에 선했다. 알면서도 어떻게 해볼 도리 없는 답답함. 인생에는 예고 없는 불운보다는 예측하면서도 혼자 힘으로 바꾸기 힘든 불행이 더 많은 것 같다. 그렇게 한 번, 두 번 기회를 놓치다 보니 이력서에 구멍이 숭숭 뚫리기 시작했다. 명함을 다시 갖기는 점점 힘들어졌다.

스물일곱 살 때였던가. 삼성동의 고급 호텔에서 열린 대학 동문회 행사에 취재차 갔던 적이 있다. 동문 전업주부들을 대상으로 한 무슨 경연대회 같은 거였다. 40대 중후반의 선배들은 저렴한 로드숍에서 급히 사 입은 내 정장과는 입성부터 달랐다. 전업주부지만 어딘지 부티가 나 보이고 조금은 거만해 보이는 사모님들 같았다. 그런데 맞은편에 앉은 한 선배가 나를 찬찬히 보며 물었다.

"후배님은 몇 살이에요?"

"스물일곱이에요."

"여긴 어떻게 왔어요?"

"동문회에서 원고 의뢰를 받아서요. 이번 행사를 취재해서 써 달라고 했거든요."

"참, 좋을 때네."

짧은 탄식과 함께 나를 바라보는 눈빛에 진심으로 부러워하는 마음이 읽혔다. 눈앞에 앉은 젊음, 청춘, 역동하는 힘 그 모두를 동경하며 시샘하는 마음이. 돌아오는 지하철 안에서 생각했다. 천만 금을 줘도 내 젊음과 저들의 세월을 바꾸진 않을 거라고. 무거운 카메라, 취재 수첩에 끄적거린 메모, 명함에 새겨진 '카피라이터 은수'란 글자들. 땀내 나는 지하철 안에서 카메라를 바투 매며 저 선배들처럼 공허한 눈빛의 중년이 되진 않겠다고 생각했다. 내 중년은 저렇게 마음이 텅 비어 보이는 사람들과는 다르리라.

이제 내가 그 선배의 나이가 되어 가는데 여전히 길을 못 찾고 헤매고 있다. 그나마 있던 명함마저 잃고 그때의 자신만만함도 사라졌다. 한참을 돌다 겨우 찾은 주차장 출구. 새어드는 볕이 반갑다. 길 잃은 나의 중년도 출구를 찾을 수 있을까. 다시 명함을 꿈꿔도 될까. 액셀을 밟는 발에 공연히 힘이 들어간다.

# 멈춰 버린
## 나의 출근길

　　이사 온 동네는 젊은 엄마들이 많아서인지 워킹맘들이 많다. 그래서 아빠가 아이들의 유치원이나 어린이집 등원을 돕는 경우를 종종 본다. 우리 아파트 라인에도 서너 살 아이 둘을 데리고 출근하는 젊은 아빠가 있는데 아침마다 엘리베이터에서 그 아이들 울음소리가 난다. 이른 아침 어린이집을 가야 하는 아이들은 졸리기도 하고 부모랑 헤어지기도 싫어서 이래저래 짜증을 내기 일쑤다.

　　"집에 가서 가져올래!"

　　"안 돼, 아빠 얼른 가야 하니까 인형은 다음에 가져오자."

　　"싫다고! 으앙!"

　　엘리베이터가 떠나가라 우는 아이들을 달래는 아빠의 얼굴에 금세 송골송골 땀이 맺힌다. 붐비는 아침 엘리베이터 안에서 울어 대는 아이들을 보며 인상을 찌푸리는 사람들도 있었지만 난 아이들도, 아빠도 안쓰러웠다. 오지랖 넓다는 소리 들을까 봐 선 뜻 나서서 달래 주지도 못하는 소심한 아줌마지만 왠지 남의 일 같지 않았기 때문이다.

아이들 어릴 때 기간제 교사로 일한 적이 있다. 학교가 멀어서 내가 먼저 새벽같이 출근하고 남편이 두 아이를 먹이고 입혀서 어린이집과 유치원에 데려다주었다. 남편은 '아침마다 전쟁'이라 며 힘들다고 하소연을 했다. 두어 달 만에 남편을 본 친정 식구들 도 그새 남편 얼굴이 많이 상했다며 걱정을 했다. 나도 마음이 편 치 않았다. 아침마다 전쟁을 치르는 남편도 걱정됐지만 '엄마 가 지 말라'며 내 목을 끌어안고 깍지 낀 둘째의 작은 손을 하나하나 억지로 풀 때면 무슨 부귀영화를 누리겠다고 이렇게까지 해야 할 까 회의가 밀려들었다.

남편이 해외 출장을 가게 되니 그런 갈등조차 배부른 소리였 음을 깨달았다. 열흘간 남편의 빈자리를 대신해 줄 사람을 백방 으로 알아봤지만 건강이 안 좋은 양가 부모님이 오기도 힘들었 고 열흘 아침만 돈 받고 일해 줄 믿을 만한 사람도 찾을 수 없었 다. 결국 유치원과 어린이집에 양해를 구하고 조금 일찍 등원하 기로 했다. 동도 트기 전, 아이들은 눈도 제대로 못 뜨고 간신히 세수만 한 채 집을 나서야 했다. 아이들이 아침을 굶는 게 마음에 걸려 새벽에 일어나서 샌드위치와 과일, 김밥 등 간식을 싸줬다.

한번은 큰아이 가방에 간식을 깊숙이 밀어 넣고 먹으란 말도 못하고 유치원에 떠밀다시피 보냈다. 혹시 아이가 모를까 봐 담임 선생님에게 가방에서 간식을 꺼내 먹도록 도와 달라고 문자를 했다. 퇴근하고 집에 오자마자 아이에게 샌드위치 잘 먹었느냐고 물으니 아이는 시무룩한 얼굴로 말했다.

"엄마, 나 샌드위치 다시는 싸지 말아 줘."

"왜? 맛이 없었어?"

"아니……."

"그런데 왜?"

"선생님이 화냈어."

"선생님이? 왜?"

"이런 걸 싸왔으면 알아서 꺼내 먹어야지 뭐 하고 있냐고 내 앞에 샌드위치를 집어던졌어."

"……."

"나 그거 먹는데 체할 거 같았어."

아무도 없는 교실, 아직 차가운 기운이 감도는 그곳에서 담임 선생님의 눈치를 보며 혼자 샌드위치를 꾸역꾸역 먹었을 아이를 생각하니 가슴이 미어졌다. 담임 선생님에게 어떻게 된 일인지 물어보고 '오해가 있는 것 같다'는 해명도 들었지만 마음은 계속 무거웠다.

　요즘도 아이 돌보미나 어린이집의 학대 사례를 접하는데 치명적인 학대나 방임은 아닐지라도 아이를 외부에 맡기다 보면 아직 대응할 힘이 없는 아이가 부당한 일을 겪곤 한다. 교육을 잘 받고 인격적으로 성숙한 어른이 더 많지만 아이가 항상 그런 사람만 만나는 것은 아니기 때문이다. 미성숙한 어른을 만나는 것도 사회생활이라고 대범하게 넘기기에는 아이가 너무 작고 여리다. 엄마의 보살핌이라는 그늘 아래 있어야 할 아이가 불필요한 상처를 받는 게 다 내 탓인 것 같고 한번 미안한 마음이 들기 시작하면 출근이 점점 더 힘들어진다. 경력이 단절되지 않게 열심히 하던 구직 활동에도 차츰 소극적이 된다.
　아이가 특별히 남들과 어울리기 힘든 성향이거나 아픈 곳이 있다면 더 말할 것도 없다. 아토피를 심하게 앓는 네다섯 살 아이를 키우는 엄마가 있었다. 음식도 가려야 하고 피부 관리에도 각별한 주의가 필요한 아이를 어떤 기관도 맡아 주지 않아서 결국 엄마가 직장을 그만두고 아이를 돌봤다. '직장을 그만둔 데서 오는 상실감'의 대척점에는 '온몸을 벅벅 긁어 대며 고통스러워하는 아이 앞에서 죄짓는 것 같아 상실감조차 터놓고 말할 수 없는 답답함'이 있었다.

사회가 많이 변했다지만 아직까지도 엄마가 일하려면 많은 장애물이 있고 그 장애물을 뛰어넘기 위해서는 누군가의 헌신과 희생이 필요하다. 어린이집 선생님이든, 친정 엄마든, 시어머니든 엄마의 노고를 대체할 사람이 있지 않고서는 엄마가 일하기 힘든 환경이다. 더구나 앞의 사례처럼 보통 아이보다 세심한 주의가 필요한 아이를 키우며 일을 계속하기란 거의 불가능하다.

박완서 작가의 인터뷰집 『박완서의 말』에는 딸들에게 평생토록 일을 할 것을 강조했지만 "가정을 가진 여자가 일을 갖기 위해서는 딴 여자를 하나 희생시켜야 한다는 걸 뒤늦게 깨달은 느낌은 매우 낭패스러운 것"이었다고 회상하는 대목이 나온다. 아이한테 미안한 마음을 뒤로하고 그래도 애달픈 출근길이라도 계속 갈 수 있는 건 그나마 운이 좋은 경우일지 모른다.

며칠 전 비 오는 날 아침에 엘리베이터에서 있었던 일이다. 늘 보는 서너 살 아이들이 또 엘리베이터에서 한바탕 소동을 피웠다. 작은아이가 우산을 활짝 편 채 엘리베이터에서 내리려고 기를 썼다. 어른이 가지고 다닐 법한 커다란 무지개 우산을 아이가 우겨서 가지고 나온 것 같은데, 문제는 그 우산을 펴니 엘리베이터 문에 걸려 내릴 수가 없었다.

"○○야, 우산을 꺼야 내리지, 얼른 끄라고."

"싫어!"

"이리 줘, 얼른!"

"싫다고! 으앙!"

아빠의 거듭되는 재촉에 결국 울음을 터뜨리는 아이. 그 모습을 화난 얼굴로 바라보는 어른들. 다들 바쁜 아침 시간에 엘리베이터에서 내리지도 못하고 이게 웬 소란인가 싶은 표정이었다. 거의 울 것 같은 젊은 아빠의 얼굴에서 오래전 나를 본다. 수시로 막히고 때때로 감당하기 힘든 장애물에 걸렸던 나의 출근길. 그래서 결국 멈춰 버렸던 그 길이 떠오른 탓일까. 용기를 내서 아이를 달래 주러 다가갔다.

"○○야, 이 우산을 갖고 나가고 싶구나? 이렇게 조금 옆으로 서 볼까? 그러면 우산을 편 채로 내릴 수 있을 것 같은데. 옳지, 이렇게 하면 앞으로 갈 수 있어."

훌쩍이는 아이한테 하는 말인데도 이상하게 내 마음이 뭉클했다. 양손에 아이들을 잡은 채 더 이상 앞으로 나아갈 수 없었던 출근길에 황망히 서 있던 그 시절 나를 달래 주고 싶었나 보다.

## 작은 도서관 관장 박지영 님

결혼 전에 비즈니스 애널리스트였던 저는 현재 작은 도서관의 관장을 맡고 있어요. 남편 직장을 따라 제 직장을 그만두고 낯선 도시로 왔는데, 세상에 아직 개발 중이라 거리에 가로등도 들어오지 않은 상황이었어요. 당시 제 마음은 그 불 꺼진 가로등처럼 깜깜했죠.

그러다 작은 도서관이 있는 것을 알게 되어 봉사를 하러 다녔어요. 아는 사람 하나 없는 상황에서 '마을 공동체 씨앗학교' 같은 곳도 다니며 열심히 했어요. 더 전문적인 봉사를 하기 위해 배우러 다니는 동안 제가 성장하는 느낌도 들고 다양한 사람들도 만나니 활력이 생기고 좋았죠. 그러다 관장도 맡게 되었고요.

저는 아이들도 소중하지만 몰입할 수 있는 제 일이 있어야 하는 사람이에요. 지금은 도서관 봉사도 하면서 영어 강사도 하고 성당도 열심히 다녀요. 성당에서 만나는 할머니 신자들은 제게 많은 위로와 힘이 되죠. '이 또한 지나가리라'를 몸소 보여 주시는 분들이니까요. 어떤 비전을 갖고, 어떻게 살아야 하나 계속 고민 중이에요. 어쩌면 누구나 평생 해야 하는 고민인지도 모르겠어요.

2장

이
도
저
도
아
닌
시
간

# 상처 입은 사슴

인터넷에서 기사를 검색하다 프리다 칼로의 《상처 입은 사슴》이란 그림을 보았다. 사냥꾼이 쏜 화살을 몸 여기저기에 꽂은 채 위태롭게 뛰어가는 작은 사슴. 주위에 숨을 수 있는 수풀조차 보이지 않는다. 저 멀리 보이는 바다는 차라리 이곳에 뛰어들어 고통을 잊으라고 손짓하는 것 같다. 하지만 머리카락을 단정하게 끌어올린 작은 사슴은 정면을 똑바로 보고 있다. '결코 죽지 않겠다.' 그림을 보는 모두에게 선언하고 있는 듯하다. 사슴의 얼굴은 화가 자신이다.

그녀는 10대 때 겪은 교통사고 후유증과 여성 편력이 심한 남편 때문에 한평생 극심한 고통을 겪으면서도 붓을 놓지 않았다.

그 시절의 내가 프리다 칼로처럼 혹독한 시련을 겪은 건 아니다. 하지만 비 오던 그날 길거리에서 눈물을 흘리던 나를 떠올리면 프리다 칼로 그림 속의 상처 입은 작은 사슴처럼 느껴진다. 걸작을 남긴 예술가가 겪은 것 같은 처절한 고통이나 누구라도 듣고 눈물 흘릴 크나큰 시련이 있었던 것은 아니지만 화살이 온몸에 꽂힌 것처럼 고통스러웠다.

아이들을 좀 키우고 뒤늦게 내 길을 찾겠다고 나섰지만 당연히 쉽지 않았다. 면접은 가보지도 못하고 서류에서 연이어 탈락하면서 점차 눈높이를 낮췄다. 단기간 비정규직에도 열심히 원서를 냈다. 어떻게든 단절된 경력을 메울 계기를 마련해야 한다고 되뇌면서.

"혹시 은수 선생님이신가요?"

"네, 그런데요?"

"교육청 구직란에 경력을 올려놓으신 걸 보고 연락드려요."

"아, 네네!"

고등학교의 한 달짜리 기간제 교사였다. 따로 원서를 낸 곳은 아닌데 교육청에 등록되어 있는 내 프로필을 보고 담당 교사가 연락을 한 것이었다. 자기네가 일정이 급해서 그러니 당장 다음 주부터 일을 할 수 있느냐고 물었다. 그렇게 서류를 많이 냈어도 인사 담당자한테 연락 한번 받은 적이 없었다. 그런데 면접도 없이 이렇게 바로 일을 하라고 제안을 받으니 들뜬 마음에 이것저

것 젤 겨를도 없이 바로 하겠다고 대답했다.

"갑자기 연락드린 건데 와 주시겠다고 해서 감사해요. 저희가 좀 급하게 돼서 내일 오후에 오셔서 교과서랑 참고서 등 자료 받고 수업 준비해 주실 수 있겠어요?"

"아, 어쩌죠? 내일은 아이 병원에 중요한 예약이 되어 있어서 요. 혹시 하루만 미뤄 주시면 안 될까요?"

"네, 그러죠. 다음 주 전까지만 오시면 되니까 괜찮습니다."

마음 같아서는 당장 달려가서 자료를 받고 싶었지만 대학병원에 오래전부터 예약을 해놓은 아이의 진료가 걸렸다. 아직 날짜가 여유 있으니 상관없다는 담당 교사의 말에 안심하며 약속 날짜를 하루 뒤로 잡았다.


한 달 일거리지만 기뻤다. 녹슨 경력인 줄 알았는데 그래도 인정해 주는 곳이 있다니 안심이 됐고 프로필만 보고 나를 찾아준 거라 더 뿌듯했다. 아직 먹히는 경력이구나, 그래도 젊었을 때 일을 해둔 보람이 있구나. 이런 생각은 사회적으로 인정받을 기회가 드문 주부에게 큰 위로가 되었다. 사실 강상중 교수의 『나를 지키며 일하는 법』에도 나왔듯이 일자리라는 건 사회로 들어가도 된다는 입장권 같은 것이다. 전업주부는 왠지 그 입장권이 없는 사람 같아서 가끔 서러웠다. 신용카드 하나 만들려고 해도 배우자와 통화해야 하고 어떤 서류를 작성할 때 직업란에 '주부'가 없으면 '무직'에 동그라미를 해야 했다. '무직'이라는 어감이 주는 무력함이 싫었다. 재택근무도 가끔 했지만 혼자 집에서 하는 일에서 사회적 인정이나 자아실현으로서 성취감을 느끼기는 어려웠다.

그래서 육아와 살림에서 조금씩 손을 놓아도 되는 시점에 작은 일자리라도 구하려고 몸부림쳤지만 번번이 탈락해서 지쳐 가고 있었는데 이렇게 뜻밖의 연락을 받은 것이다. 지친 마음에 생기가 돌았다.

가르칠 학년과 교과목 내용을 인터넷에서 미리 검색하고 짬을 내어 서점에 들러 교과서도 들춰 봤다. 예전에 잠깐 학교에 나갔을 때 그래도 꽤 인기 많은 선생님이었던 기억을 떠올리며 미소를 지었다. 어떤 아이들을 만날까, 어떤 수업을 재미있다고 할까, 설거지를 하다가도 청소기를 돌리다가도 잠시 고민하는 그 순간이 그렇게 즐거울 수가 없었다.

콧노래가 절로 나오고 아이들에게 가는 말 한마디도 훨씬 부드러웠다. 숙제해라, 책상 치워라, 평소라면 소리치며 시키던 일도 타이르듯이 말했다. 육아서를 보고 아무리 노력해도 흉내 내기도 어려웠던 '화내지 않는 엄마'가 참 쉽게도 됐다.

"엄마, 기분 좋은 일 있어?"

"아, 별건 아니고 엄마 당분간 일하게 됐어."

"무슨 일?"

"학교에 나갈 거야."

"학교? 그러면 늦게 와?"

"아니야, 너 학원 끝날 때쯤이면 오니까 염려 마."

잠깐 울상이 되던 둘째가 그래도 너무 늦지 않게 퇴근한다는 말에 안심하는 눈치다. 아이들이 크니 이제 이 정도 일은 큰 부담 없이 할 수 있다는 사실에 감사한 마음까지 들었다. 올망졸망한 아이들을 두고 일을 하려면 늘 아이 봐줄 사람을 구하느라 발을 동동 굴렀다. 여기저기 기관에 의뢰하고 이웃들에게도 물어물어 힘들게 사람을 구했는데 갑자기 사정이 생겨서 못 오겠다고 하면 어쩌나 눈앞이 깜깜했는지. 제발 누구라도 맡아만 줬으면 좋겠다 싶다가도 막상 아이를 맡기려면 믿을 만한 사람인지 걱정이 되어 밤새 고민하던 시간들. 그런 세월을 지나고 이만큼 키워 놓으니 일을 하기가 수월해졌음이 실감 났다.

이튿날 아침, 아이들을 학교에 보내고 그릇을 치우고 있는데 담당 선생님에게 전화가 왔다.

"안 그래도 전화드리려고 했어요. 오늘 뵙기로 했죠? 이따가 가 겠습니다."

2장 이도 저도 아닌 시간

"선생님 죄송한데요."

"네?"

"저희가 사실 선생님께 연락드린 그제 오전에 학교 홈페이지에도 형식적이긴 하지만 구인 공고를 냈거든요. 하지만 시일도 촉박하고 선생님 프로필을 보니 적임자다 싶어서 제가 연락을 드리고 선생님으로 바로 결정한 건데요."

"그런데요?"

"어제 뜻밖에 몇 분이 지원을 하셨어요. 교감 선생님이 보시고 어쨌거나 지원한 분들이 있으니 면접을 봐야 하는 거 아니냐고 하시네요."

"아, 저 구두로 정해진 것도 효력이 있는 것 아닌가요? 교감 선생님께서도 승인한 사항인 줄 알았는데요?"

"맞습니다. 교감 선생님이 그제만 해도 선생님이 오시면 되겠다고 하시더니 어제 지원자들이 있는 걸 보고 갑자기 마음을 바꾸신 것 같아요."

"아……. 그러면 어떻게 되는 거죠?"

"죄송하지만 선생님도 이력서를 준비하시고 오늘 면접을 보러 오셔야 할 것 같아요."

어이없다고 생각했지만 면접은 11시. 고민할 시간도 없었다. 이력서를 부리나케 출력하고 옷장을 한바탕 뒤져 허겁지겁 옷을 입고 현관을 나섰다. 구두 계약도 계약인데 이런 법이 어디 있느냐고 따지고 싶었지만 밉보이면 될 일도 안 될 거라고 애써 마음을 다잡고 급한 대로 휴대폰으로 면접 예상 질문을 검색했다.

제법 먼 거리에 있는 학교라 중간에 버스를 갈아타야 했다. 아침에 나설 때만 해도 맑았던 하늘이 그새 어두침침해져 환승 정류장에 내렸을 때는 빗방울이 후드득후드득 떨어지기 시작했다.

"못 살아! 하필이면! 비 맞은 생쥐 꼴로 면접장에 들어가게 생겼네."

마음이 초조해져서 누가 듣거나 말거나 혼잣말을 내뱉었다. 급한 대로 슈퍼에서 우산을 사려고 뛰어가는데 전화벨이 울렸다.

"아 진짜! 바빠 죽겠는데! 여보세요!"

"선생님, ○○고등학교인데요."

"아, 네네! 지금 가는 길이에요. 갑자기 비가 와서!"

"선생님, 아, 어떡하죠? 너무 죄송한데요. 안 오셔도 될 것 같습니다."

"네?"

"사실 공고에 서류 마감이 어제 오후 4시였거든요. 교감 선생님이 원칙대로라면 선생님은 서류를 접수하지 않으셨으니 면접 자격이 없다고 하시네요."

"아니, 선생님, 공고는 형식적인 거고 저를 뽑으시는 거 아니었어요? 원래 어제 참고서도 받아 가라고 하셨잖아요."

"맞아요. 공고는 형식적인 거였는데 교감 선생님이 갑자기 이렇게 말을 바꾸셔서 저도 참 난처하고 선생님께 죄송합니다."

걷다 보니 슈퍼 앞에 도착했지만 우산을 사고 싶지 않았다. 그냥 비를 맞고 서 있었다. 내가 뭘 잘못했지? 참고서 받으러 오라고 했을 때 바로 가서 챙기고 교감 선생님한테도 인사했으면 이런 일이 없었을까? 아이의 병원 진료를 미루지 않은 게 잘못이었을까? 아니, 그보다 제 발로 경력을 단절시키고 결혼한 나의 무지가 이런 모욕을 당하게 한 걸까? 아이들 낳고 정신없이 키우다 나이만 먹은 잘못인가?

행인들의 힐끗힐끗 쳐다보는 시선이 느껴졌지만 발밑에 생기는 웅덩이를 보며 가만히 서 있었다. 비를 피하지도 않고 눈물도 닦지 않은 채. 한 달뿐인 기간제 교사를 못하게 된 게 뭐 그리 서러운 일이었을까. 아무도 나를 필요로 하지 않는 것 같은 답답한 마음에 그래도 작은 구멍 하나가 환기구처럼 뚫렸던 것이다. 그 환기구로 들어오는 새 바람에 들뜨고 설렜는데 억센 손 하나가 그 보잘것없는 구멍마저 막아 버렸다.

빗속에 오가는 차들을 가만히 바라보았다. 차 유리창 안에서 의아한 표정으로 나를 보던 사람들. 나에게서 프리다 칼로 그림 속 상처 입은 사슴의 눈빛을 보았는지도 모른다.

# 내 인생에 베일 하나
# 들췄을 뿐

언젠가 엄마들을 대상으로 서머싯 몸의 『인생의 베일』 수업을 한 적이 있다. 주인공 키티의 행적을 두고 수강생들과 여러 의견을 나눴다. 그중에 한 분이 제목의 의미를 물으셨다.

"제목이 왜 인생의 베일일까요? 베일을 들춰 봤는데 원하는 게 없을 때는 다른 곳으로 가서 또 새로운 베일을 들춰 보라는 걸까요?"

그럴 수도 있겠다는 생각이 들었다. 인생은 여러 겹의 베일로 가려져 있고 또 그 베일은 한 곳이 아니라 우리 삶 곳곳에 쳐져 있는지 모른다. 제목은 '이 베일, 저 베일을 걷어 내며 인생의 의미를 끝까지 찾아보라'는 의미였을까.

학교의 어이없는 처사로 마음에 상처를 입었던 그때의 나를 떠올려 보면 텅 빈 하루를 채워 줄 뭔가를 찾아 이 베일, 저 베일을 들추며 헤맸던 모습으로 기억된다. 단기간 기간제 교사라도 하게 되었다고 기뻐하며 '일하고 싶어 했는데 잘 됐다'는 지인들의 축하까지 받았지만 그 자리는 빗속에서 그렇게 놓쳐 버렸다.

한동안 울적해하다가 뭔가 새로운 이력을 만들지 않는 이상 일자리를 구하는 건 힘들다는 데 생각이 미쳤다. 오래전 경력만 갖고 도전하니 선택의 폭도 좁고 대우도 못 받는 거라고 결론지었다. 원래 배우는 데 욕심이 많았던 터라 더 공부하고 새로운 역량을 쌓아 일자리 찾기에 재도전해 봐야겠다는 생각이 들었다.

전공을 살려 박사 과정을 할까, 아니면 전공을 바꿔 대학원에 갈까, 사이버 대학에 편입을 할까. 이런저런 궁리를 하다 문득 예전에 만났던 상담 소장님이 떠올랐다. 아이 둘을 키우며 몸도 마음도 만신창이가 되었을 때 잠시 모래놀이 상담을 받은 적이 있었다. 소장님은 머리가 희끗희끗한 할머니였는데 그 나이까지 누군가와 교감하며 함께 울고 웃는 모습이 인상적이었다. 이렇게 나이 드셔서 일하시는 게 어떠냐고 물었을 때 그분이 한 말이다.

"상담사는 나이 들수록 오히려 연륜이 더해지죠. 젊은 선생님들이 보지 못하는 것을 보고, 젊은 선생님들이 해주기 어려운 이야기까지 더해져서 상담이 더 풍성해져요. 은수 씨만 해도 상담사를 예약할 때 너무 젊은 선생님 말고 저같이 나이 든 사람한테

하고 싶다고 했잖아요."

사실이었다. 선입견이겠지만 아직 결혼도 안 한 젊은 선생님보다는 그 터널을 다 지나온 할머니 소장님에게 더 편안하게 결혼과 육아의 고충을 털어놓을 수 있을 것 같았다. 기대한 대로 소장님은 상담에 우호적이지 않았던 나의 마음을 열고 많은 이야기를 이끌어 냈다.

나이 들수록 더 빛나는 직업이라니, 나이 탓에 문전박대를 당하던 설움이 스쳐 지나가며 상담사야말로 늦은 나이에 새롭게 도전할 만한 일이라는 생각이 들었다. 상담을 하면서 많은 위로를 받고 에너지를 회복했던 기억도 한 장면 한 장면 되새겼다. 머지않은 날, 상담실에서 누군가의 이야기를 진지하게 경청하는 내 모습을 그려 보았다. 나쁘지 않은 그림이었다. 아니, 나쁘지 않은 정도가 아니라 상담사로 자리 잡을 수만 있다면 보람도 느끼면서 경제적인 활동도 할 수 있어 매우 이상적이었다.


매일 우거지상으로 장을 보러 가다가 모처럼 생기가 도는 모습이었나 보다. 어쩌다 마주친 이웃 엄마들이 물었다.

"○○ 엄마, 무슨 좋은 일 있어?"

"아니, 뭐 특별한 일은 없는데."

"아, 그래? 지난번에 보니 얼굴이 되게 안 좋던데 오늘은 발랄

해 보여서."

"글쎄, 날씨가 좋아서 그런가?"

상담사라는 새로운 목표가 생기자 다시 활기를 찾았다. 인터넷을 검색하고 현직에 있는 분에게 준비 과정도 물어보고 봐야 하는 책들도 구매했다. 아무래도 상담사로 활동하기 위해서는 대학원을 졸업해야 한다는 의견이 많아서 전공을 바꿔 대학원 상담과정에 입학하기로 마음먹었다. 학부 전공과 달라도 준비하기에 따라 입학이 어렵지 않다고 했다. 주간 대학원은 아이들을 키우며 다니기 힘들 거라 고민했는데 마침 야간에 하는 상담 대학원이 그리 멀지 않은 거리에 있었다. 마음 같아서는 더 역사와 권위가 있는 대학원을 가고 싶었지만 너무 멀었고, 대학원을 간다고 해서 살림과 육아를 놓을 수 있는 형편도 아니라 현실적인 조건을 고려했다.

입학시험까지는 석 달여 남짓. 시간이 촉박해서 아이들을 등교시키자마자 설거지도 쌓아 놓은 채 식탁 등에 의지해서 낯선 심리학 이론서를 파고들었다. 어차피 아이들이 오면 분위기가 산만해져서 공부하기 힘드니 모든 집안일은 아이들이 온 다음에 시작했다. 때로는 아이들이 불평하기도 했다.

"엄마, 청소기 돌리는 건 내가 집에 오기 전에 하면 안 돼? 엄마 오전에 혼자 있을 때 해도 되는데 왜 꼭 지금 해?"

"엄마도 공부하느라 바빠서 그래. 엄마 대학원 시험 볼 때까지는 너희가 집안일 많이 거들어야 해."

학교 다녀오면 산뜻하게 정리된 집 안 풍경에 익숙했던 아이들은 너저분한 거실을 보고 처음에는 투덜대기도 했지만 틈만 나면 책을 들고 있는 내 모습을 보면서 엄마 공부를 도와주는 든든한 조력자로 변해 갔다.

"엄마, 세탁기 다 돌아갔는데 내가 빨래 널게. 엄마는 공부하느라 바쁘잖아."

"그래, 고마워."

진즉에 왜 이렇게 아이들을 우군으로 끌어들이지 못했을까? 생각보다 어른스럽게 잘 해내는 아이들을 보면서 앞으로는 집안일에 더 적극적으로 참여시켜야겠다는 생각도 들었다. 더불어 엄마가 새로운 시도를 하니 아이들도 새로운 역할을 부여받고 더 성장한다는 생각에 뿌듯하기도 했다.

전공 예상 문제와 답안을 빠른 속도로 정리하느라 손이 아플 지경이었다. 시간을 아껴서 짧은 시간에 많은 내용을 준비했다. 시험 날 아침까지 외우고 또 외웠다. 시험장에 가보니 이제 막 대학을 졸업한 학생부터 머리가 허연 할아버지까지 다양한 연령의 사람들이 와 있었다. 여섯 명씩 들어가서 집단 면접을 보는데 면접장 문 앞에서 얼마나 간절히 기도했는지.

'구술 전공 시험'이라고 되어 있었는데 예상과 달리 면접에서 자기소개와 대학원에 들어오려는 이유 등을 물었다. 나와 같이 들어간 응시생들은 다 젊고 직장에 다니고 있었다. 맨 끝 순서였던 나는 앞선 응시생들의 자기소개를 들으면서 나를 어떻게 소개해야 하나 막막해졌다. 상담에 대한 신념과 포부를 밝히는 데 중점을 두고 구상한 자기소개가 영 초라한 것 같았다.

다른 응시생들은 그간의 이력과 직장 생활에서 이렇게 저렇게 상담 공부를 활용할 방안을 밝혔는데 10여 년 주부로 살아온 나는 딱히 소개할 이력도, 상담 공부와 커리어를 연계할 방안도 생각나지 않았다. 내 순서는 점점 다가오는데 미리 구상한 자기소개의 허전한 틈을 무엇으로 채워 넣어야 할까? 궁여지책으로 독서논술을 가르친 경험을 언급하며 그간의 이력을 살려 독서치료를 심화해서 공부하고 싶다고 말했다. 짧은 시간에 머릿속에서 짜낸 답변치곤 제법 괜찮은 것 같아서 내심 좋은 반응을 기대했다. 하지만 붉은 앙고라 스웨터를 입고 커다란 금빛 귀걸이를 한 교수가 약간 눈살을 찌푸리며 말했다.

"아, 그러세요? 주부시고……. 독서를 가르친 경험을 살려서 상담과 연계해서 공부하고 싶으시다고요? 그런데 우리 교수님들 중에는 독서치료 전문가가 없는데요? 그렇죠, 교수님?"

2장 이도 저도 아닌 시간

옆에 있는 나이 지긋한 교수가 입꼬리를 내리며 말했다.

"그렇죠. 어쩌나요? 우리 교수들 중에는 독서치료를 가르칠 사람이 없는데?"

말문이 막혔다. 교수들의 세부 전공을 미리 확인하지 않은 내 부주의를 지적하고 싶은 건지, 애초에 나를 떨어뜨리고 싶었던 건지 모르겠지만 그 뒤로는 당황해서 꼭 독서치료 공부만 고집하는 건 아니라는 둥 횡설수설하다 나왔다.

집에 무슨 정신으로 왔는지 모르겠다. 뒤늦게 홈페이지에서 교수들의 이력을 살펴봤다. 강사 중에는 독서치료를 가르치는 사람도 있었다. 그렇다고 면접 자리에서 '강사 선생님은 있던데요'라고 말했던들 달라지는 건 없었을 것이다. 앙고라 스웨터를 입은 교수는 내 모교에서 대학원 과정을 한 사람이었다.

나를 보면서 어떤 생각이 들었을까? 그 사람은 이미 내 생각은 까마득하게 잊었을 텐데 혼자 비웃음에 맞서고 있는 기분이었다. 같은 학교를 나왔는데 너무 다른 신세라고 생각하겠지. 면접 보는데 변변히 차려 입고 올 정장도 없어서 저런 차림새로 왔다고 무시하는 마음이었겠지. 그동안 뭘하다가 이제 와서 별다른 경력도 없이 대학원에 입학한다고 나타난 걸까 우스웠겠지? 거의 피해망상 수준의 상념으로 며칠을 우울하게 보냈다.

결과는 당연히 불합격. 놀랍지는 않았지만 그렇다고 아프지 않은 건 아니었다. 사실 오랜 기간 준비한 사람들도 많은데 겨우 몇 달 준비하고 떨어졌다 애통해하는 것도 우습긴 했다. 하지만 달달 외운 전공 내용을 한마디 써먹을 일도 없이 끝나 버린 면접이 허무했다. 자기소개와 응시 동기만 물어보고 결정할 거였으면 굳이 왜 불렀는지 모르겠다. 날이 갈수록 잊히기는커녕 면접 자리에서 느낀 모멸감이 뒤통수에 끈질기게 달라붙어 괴롭혔다.

"엄마, 대학원 안 됐어?"

"어, 떨어졌어."

"그랬구나. 괜찮아, 엄마. 시험은 내년에 또 있잖아."


엄마 얼굴을 살피며 조심스레 위로를 건네는 아이들. 힘없이 웃었다. 수험생 엄마 뒷바라지하느라 나름 힘들었을 텐데 불합격한 여운까지 같이 감당해야 하는 아이들이 안쓰러웠다.

"그래, 네 말이 맞아. 시험은 또 있고 기회는 또 오겠지?"

돌이켜 보면 그저 인생의 베일 하나를 들췄는데 거기에 기대했던 만찬이 차려져 있지 않았을 뿐이다. 내 예상과 달리 만찬 대신 썩은 과일 몇 접시가 있었다면 그 베일을 내리고 또 다른 베일을 걸으러 가면 된다. 그 뒤에 여러 기회가 왔던 걸 생각하

면 베일 하나 들춰 보고선 실망해서 힘없이 주저앉아 있던 그 시
간들이 의미가 없는 건 아니었지만 길게 끌 필요는 없었다는 생
각이 든다.

# 돼지엄마,
# 못다 이룬 욕망의 투영

수영장 탈의실에서 50대 중후반 아주머니들이 이야기를 나누고 있었다. 언뜻 싸우는 소리처럼 들렸는데 자세히 들어보니 모임에 들어가는 문제 때문에 한 분이 다른 한 분을 달래는 내용이었다.

"그러니까 혹시라도 서운하게 생각하지 말라고."

"어, 나 그런 생각 안 해."

"나도 이 사람 저 사람 다 받고 정을 주고 싶지만 그간 해온 모임의 성격이 있고 무한정 받을 수가 없어서 그래."

"알아, 알아. 나도 안 그래도 모임이 너무 많아서 정리하려던 참이었어."

"그래도 들어오고 싶다면 이따 점심 같이 하면서 분위기 익히고."

"아냐, 아냐, 됐어. 나도 모임 나가는 거 많아서 사실 피곤해."

모임에 안 들어가도 된다며 연신 손을 휘젓는 아주머니 얼굴에는 손짓과 달리 서운한 빛이 어려 있었다. 모임 가입을 거절한 아주머니가 사라지자 거절당한 아주머니는 주섬주섬 옷을 챙겨 입더니 휴대폰을 꺼낸다. 점심을 먹을 사람을 찾는 눈치다.

저만큼 나이가 들어도 여전히 같이 밥 먹을 친구를 찾고 함께 어울릴 사람을 구해야 하는구나 싶어 살아 보지도 않은 세월에 피로감을 느꼈다. 우린 어쩌다 '사회적인 동물'로 태어나서 혼자 있는 시간을 견디기 힘들게 된 걸까. 뒤돌아선 아주머니의 쓸쓸한 어깨가 남의 일 같지 않았다.


예전에 본 영화《돈》이 떠올랐다. 주인공 조일현은 부자가 되고 싶은 젊은이였다. 일현을 보다 보니 사실 돈에 집착하는 사람은 외로울까 봐 두려워하는 사람이란 생각이 들었다. 자신이 몸담은 증권사에서 실적을 못 쌓았을 때 일현이 힘들었던 건 생계에 대한 걱정 때문만은 아니었다. 생계가 파탄 나기 이전에 이미 동료들의 홀대와 상사의 무시로 마음이 멍들어 가고 있었고 무엇보다 외로웠다. 회사에 가봐야 상대해 주는 사람도 없고 회식 자리에서도 말 붙이는 사람 하나 없는 외로움. 집에서나 직장에서나 그의 일상 구석구석 곤두서 있던 외로움.

일현이 막대한 수수료를 벌자 그 외로움이 일시에 타파되고 다들 눈 한번 마주치고 악수 한번 해보고 싶어 안달을 한다. 구질구질한 외톨이였던 일현은 단박에 얼굴에 광채가 나는 스타가 됐고 주변에는 사람들이 몰렸다. 일확천금을 꿈꾸고 명예와 권력을 갈구하는 야심가들의 이면에는 어딜 가든 환영받는 사람, 점심 약속이 끊이지 않는 사람이 되고 싶은 외로운 영혼이 자리 잡고 있는 건 아닐까.

난 대단한 인기인이었던 적은 없었다. 학창 시절에는 그럭저럭 무난한 모범생이었지만 특별히 눈에 띄지는 않았다. 가끔 선생님들이 글을 잘 쓴다고 눈여겨 봐줬던 게 기억나긴 하는데 글솜씨는 또래 아이들을 확 잡아끌 만한 요소가 되진 못했다.

대학교와 직장을 거치면서 그래도 잠재된 개성을 이끌어 내 잠깐 주목을 받을 때도 있었지만 직장을 그만두고 아이들 엄마가 된 이후에는 내가 아닌 내 아이들을 매개로 꾸려진 인간관계에 길들여졌다. 그런 관계에서는 으레 이름 같은 건 중요하지 않았고 누구 엄마로 불렸다. 호칭만 그런 게 아니라 실제로 관계의 초점이 아이들에게 있었다. 가끔 내 아이, 남의 아이 할 것 없이 아이들에게 관심이 많은 사람들을 종종 만나야 했다. 문제는 그 관심이 애정보다는 경쟁 관계를 의식한 동경 아니면 무시인 경우가 많았다.

"○○이가 ○○동에 있는 영어학원에 새로 등록했나 봐요?"

"아, 어떻게 아셨어요?"

"학원 차에서 내리는 거 봤죠. 몇 시에 가요?"

"4시에 차 타요. 4시 20분인가 수업 시작해요."

"어머, 그 타임이면 레벨이 꽤 높겠네요? 영어 잘하나 보다!"

아이의 학원 시간만으로 아이의 영어 실력이 바로 노출된다는 게, 아니 그걸 대화하면서 의식하고 있다는 게 뭔가 편하지 않았다. 영유아기에 누가 먼저 뒤집나, 걷나, 말하나를 은근히 의식하고 혹여 뒤처진 부모는 초조해했던, 돌이켜 보면 웃음만 나는 그 경쟁은 차라리 애교에 가까웠다. 유치원에서 뛰어놀게 하면서 그런 경쟁에서 차츰 비켜섰다고 생각했는데 학교에 가니 다시 시작이었고, 모든 촉이 '그 집 아이 성적'에 가 있는 사람들을 만나면 길게 대화하기가 꺼려졌다. 내 아이가 잘할 때는 환대에 가까운 관심을 보이다가 자신이 기대했던 수준이 아닌 걸 알면 냉랭해지는 그들에게 좀처럼 익숙해지지 않았다. 수가 절대적으로 많은 건 아니었지만 그들은 대개 목소리가 커서 분위기를 주도했다.

사교육 정보를 제공하고 모임을 결성하며 엄마들 사이에 대장 노릇을 하는 이들을 '돼지엄마'라 칭하는데 국립국어원에 이 단어가 신어로 올라갔다는 기사를 본 적이 있다. 아마 만날 때마다 뭔가 불편했던 그들이 돼지엄마 비슷한 사람들이 아니었나 싶다. 목소리 큰 그들이 이끄는 분위기에 편승하지 않기가 쉽지 않았다.

"저기 ○○ 엄마 간다!"

"아, 그 큰애 영재고 보냈다는 엄마지?"

"그래, 그래, 그것도 엄마표로 보냈다면서."

"자기 저 엄마 알아? 한번 같이 점심 먹자고 해봐."

"그럴까?"

공부 잘하는 아이의 엄마가 인기인이 되는 건 엄마들 사이에서만은 아니다. 중학교 교사로 있는 지인 말로는 자기네 학교 전교 1등 엄마에게 인근의 고등학교에서 연락이 온다고 했다. 서로 아이를 자기네 학교에 보내 달라고 부탁한다는 것이다. 확인되지 않은 풍문이지만 어쨌거나 전교 1등 아이의 부모는 그런 대우를 받을 수도 있다니 순간적으로 부러웠다. 아이를 학교에 보내는 부모들은 '내 아이 좀 잘 부탁드립니다'라는 공손한 입장이 된다. 그건 선생님들이 잘하고 못하고를 떠나 기본적으로 아이 맡긴 부모가 갖게 되는 태도다. 그런데 전교 1등 엄마는 엄마들 사이에서 스타 노릇을 하는 건 물론 학교에서도 각별한 대우를 받는다니 상상이 잘 안 됐다.

'후, 그 엄마는 얼마나 좋을까? 자다가도 웃음이 나겠지?'

자신이 못다 이룬 성취를 아이를 통해서 이루려는 부모의 모습은 건강하지 못한 거라고 평소에 입바른 소리를 해왔건만 슬그머니 부러운 마음이 드는 건 어쩔 수 없었다. 기왕 내 커리어를 희생하고 아이들을 키우는데 서로 아이를 데려갈 정도로 키워 놓으면 그래도 보람을 느끼지 않을까. 이것저것 새로운 일을 시도해도 진전이 없는 나로서는 차라리 딱 까놓고 아이들 교육에 극성인 엄마가 되는 걸로 노선을 바꿔야 하나 고민이 되었다. 1등 아이 엄마가 되면 혼자 먹는 점심에 외로움을 느낄 새도 없고 인기척만 나도 누가 날 찾아온 건가 반가운 마음에 엉덩이를 들썩였다 실망하는 일도 없을 것이다. 엄마들은 물론 학교나 학원 선생님들까지 서로 만나 달라고 아우성이라 수시로 울려 대는 휴대폰을 무음으로 해놓을 지경일 것이다.

장바구니를 들고 터덜터덜 걸어가면서 만나 본 적 없는 전교 1등 엄마에 대한 상상의 나래를 펴는데 갑자기 누군가 부른다.

"○○ 엄마!"

"깜짝이야! 어머, 언니가 여기 웬일이세요? 언니 서울로 올라갔잖아요."

예전에 서울로 간 이웃 언니였다. 그런데 언니는 반가워하면서도 행여 누가 볼세라 구석진 벤치로 내 손을 잡아끌었다.

"왜요, 언니? 왜 숨어요?"

"아니, 숨는 게 아니라……."

알고 보니 큰아이가 작년에 대학에 입학했다고 한다. 그것도 명문대에. 금의환향까진 아니더라도 명문대 간 큰아이 자랑도 좀 할 겸 동네 사람 다 불러 모아야 하는 거 아니냐고 농담을 건넸더니 언니가 손사래를 친다.

"사실 우리 큰애 친구들 거의 재수하거나 원하는 대학에 못 붙었어."

"한참 친하게 지내던 큰애 친구 엄마들? 언니 서울로 간 다음에도 종종 만나는 것 같더니?"

"맞아. 그런데 우리 큰애 대학 입학한 다음엔 연락 없거든. 사실 내가 먼저 연락하기도 미안해. 이 동네에 볼일이 있어 왔다가 친하게 지내던 사람만 살짝 만나고 가는 거야. 마주치면 서로 불편하니까 그냥 몰래 왔다 가는 거야."

꽤나 공부 잘하는 아이를 뒀던 그 언니는 엄마들 사이에서 늘 인기인이었다. 엄마들은 언니 곁에서 우수한 아이를 치켜세우고 엄마표 학습 코칭을 배우고자 애썼다. 그런데 아이들의 고교 졸업과 동시에 다 흩어져 버렸다니. 수험생 부모의 세계를 경험하지 못한 나로서는 어떤 심리인지 잘 이해가 가지 않았지만 어쨌든 남의 자식의 성공을 진심으로 함께 기뻐할 여유는 없었나 보다. 더구나 자기 자식이 그만큼 성취하지 못했을 때는. 늘 엄마들에게 둘러싸여 있던 언니를 부러워하던 나로서는 의외의 이야기였다.

한없이 승승장구할 줄 알았던《돈》의 주인공 일현이 추락할 때 그의 돈을 보고 접근한 새 애인은 당연히 차갑게 돌변했다. 주위 사람들도 떨어져 나갔다. 돈과 권력, 명예가 주는 달콤함은 시간이 지나면 변하기 마련이다. 언제까지나 계속될 것 같지만 때로는 그것들이 멀어져서 상실감을 느끼기도 하고 때로는 그것들이 여전히 곁에 있어도 허전함을 느낀다.

인기 있는 엄마가 되고 싶어 순간적으로나마 자식 성적에 슬쩍 내 욕망을 끼워 넣었던 모습이 부끄러워졌다. 사실 대중의 인기로 사는 연예인이든, 군중의 추앙을 받는 권력자나 재벌이든, 아니면 소소하게 공부 잘하는 자식 덕에 인기 많은 엄마든 그 위치는 언젠가 변한다. 더구나 상대가 그들에게 보낸 관심과 인정이 진정한 인간적 호감이 아니라 못다 이룬 욕망이 투영된 거였거나 실리를 취하고 싶은 목적을 지녔을 때에는 더욱 그렇다. 신어로 등극했던 '돼지엄마'들도 대학 입학 전형이 변화하면서 많이 사라지는 추세라고 한다.

"어머, 기차 시간 다 됐다. 잘 지내고 다음에 서울 오면 한번 만나."

"네, 그래요. 조심히 가세요."

종종걸음으로 사라지는 언니를 배웅하며 문득 그런 생각이 들었다. 자식 통해 무슨 인기인이 되려고 그랬나. 외롭다고 별 생각을 다 했구나. 만날 사람 줄 서 있는 게 뭐 그리 대단한 일이라고. 후 불면 언제 날아갈지 모르는 깃털 같은 인연들인데. 내게 좋은 일이 있을 때 진심으로 축하해 주고 슬픈 일이 있을 때 나보다 더 애달아할 한두 사람이 있는 게 더 중요하지 않을까. 소수일지언정 취미와 관심사가 통하고 살아가는 철학이 비슷한 사람들을 만나는 게 더 보탬이 되는 일 아닐까. 걸핏하면 혼자 점심 먹고 온종일 휴대폰 한번 울리지 않더라도 그 한두 사람이 굳건히 존재하는 인생이라면 삶의 후반전이 덜 두려울 것이다.

# 나만의
# '19호실'을 찾아서

'방학이 또 다가왔다. 이번에는 거의 두 달이 되는 방학이었다. 수전은 의식적으로 차분하고 점잖은 태도를 유지하느라 미쳐 버릴 것 같았다. (중략) 그녀가 거기에 있을 거라고는 아무도 생각하지 못할 것이다. 아이들이 "엄마, 엄마" 외치는 소리가 들려도 그녀는 죄책감을 느끼며 침묵을 지켰다.'

　　도리스 레싱의 『19호실로 가다』의 한 장면이다. 이 작품에 등장하는 수전은 결혼제도에 순응한 전업주부였으나 육아와 살림에 갇힌 자신의 삶에 작은 숨구멍을 내고자 런던의 후미진 호텔에 '19호실'을 마련하고 그곳을 정기적으로 찾아간다. 19호실에 가서야 가족 내 역할과 의미를 강요받지 않고 자유로운 자신을 마주하며 숨 쉴 틈을 찾는다.

1960년대 엄마들도 아이들의 방학이 오면 미쳐 버릴 것 같았다는 게 신기하다. 일을 하고 싶다는 마음이 꿈틀대고 있던 차에 친하게 지내던 동생의 전화 한 통이 그 마음에 방아쇠를 당겼다. 평온한 일상이 망가졌다. 별다른 이유도 없이 망가진 일상이라 어떻게 복구해야 하는지 오히려 더 막막했다. 취직이 답인가 싶어서 시도했지만 번번이 문턱에서 낙방했다. 대학원도 불합격하고 취직도 좌절되는 일이 반복되었지만 준비하고 기다리는 동안 설렌 시간들이 되살아나 쉽게 포기도 안 됐다.

내 마음이 이렇게 요동치거나 말거나 아이들의 방학은 어김없이 찾아왔다. 출근으로, 등교로 가족들을 보내고 혼자 집을 지키던 시간에 느끼던 공허함조차 사치였음을 깨달았다. 가끔 전업주부들은 남편이 벌어다 주는 돈으로 종일 애들하고 놀고먹는다고 생각하는 사람들이 아직도 있는데, 정말 묻고 싶다. 반찬을 만들고 집을 청소하고 아픈 아이들을 병원에 데려가는 소소한 일부터 아이들의 학교생활이나 친구 문제 고민 상담까지, 돈다발이 전우치의 빗자루도 아니고 이 모든 걸 알아서 할 수 있는지를 말이다.

혼자 있고 싶었다. 아니, 엄마 말고 그냥 나로 한 시간이라도 존재하고 싶었다. 사회에 나가 일을 하지 않는 이상 집에 있거나 장을 보러 가거나 어디에 존재하든 늘 엄마였다. 아이들의 일상이 지속되기 위해서 내 시공간은 언제든 침범해도 되는 대기 상태로 전환되었다. 숙제를 하다가도 엄마, 배가 고파도 엄마, 학원에 갈 시간이 되어도 엄마, 집에서 나가지 않는 이상 끊임없이 엄마를 부르는 아이들을 외면할 수 없었다. 설령 물리적인 거리가 멀어져도 엄마로서 부여되는 의무감에서 한순간도 자유롭기 힘들었다. 볼일이 있어 밖에 나갔다가도 아이에게 급한 연락이 오면 서둘러 집으로 발걸음을 옮겼다.

우리 아이들이 다른 아이들보다 특별히 많은 걸 요구해서는 아니었다. 집에 있는 엄마들의 평균적인 모습이다. 나만의 일터로 가지 않는 이상 늘 엄마 모드로 살아가야 한다. 이 상태에서 벗어나려면 어디든 출근하는 길밖에 없다고 생각했다. 밤 9시에 들어와야 하는 학원 강사라도 시작해야겠다고 결심했다. 그간 기회가 있어도 늦은 퇴근 때문에 마다했던 자리지만 이제 가릴 처지가 아니었다.

"애들아, 엄마 할 말이 있어. 엄마 저번에 말했던 학원 강사 자리 있잖아?"

"거기 너무 늦게 끝나서 안 하기로 한 거 아니야?"

"어, 확실히 안 한다고 했던 건 아니야. 엄마 그냥 그거 해볼까 해."

작은애가 눈이 동그래져서 물었다.

"왜? 그럼 엄마 밤에 온다며?"

"그렇게 늦지는 않아. 9시까지는 올 거야."

"9시면 늦지! 저녁도 우리랑 못 먹는 거야?"

금방 울상이 된 작은애를 보니 말문이 막힌다. 가만히 듣고 있던 큰애가 입을 뗀다.

"엄마가 꼭 하고 싶으면 해. 그런데…… 아빠도 늦게 들어오는데 나랑 동생이랑 둘이 맨날 저녁 먹는 거야?"

"매일은 아닐 거야. 1주일에 두 번 정도는 7시에 올 거야. 반찬은 다 차려 놓고 나갈게."

"엄마, 그 일 꼭 해야 해? 아빠가 버는 걸로 모자라서 그래?"

작은애가 눈물이 그렁그렁해서 묻는다. 뭐라고 말해야 할까. 아빠 수입이 부족해서는 아니야. 그런데 엄마는 이제 어디든 나가고 싶어. 날개를 달고 어디든 새처럼 날아가고 싶어. 엄마는 이 집 지붕 밑에 있는 게 힘들어. 그동안 지붕 밑에 둥지 틀어 새끼새들 먹여 살리느라 정신없이 살았는데 이제는 바깥세상이 궁금해. 내 이름도, 꿈도, 친구도, 인간관계도, 경제력도 다 잃고 오직 엄마로만 살아가는 게 숨이 막혀. 바깥세상으로 날아가서 사람들도 만나고 일도 하고 다시 내 이름이 불리고 싶어.

눈물을 뚝뚝 흘리는 아이들에게 어떻게 설명해야 할지 난감한데 퇴근하고 이 상황을 지켜보던 남편이 거든다.

"당신이 답답한 건 알겠어. 그런데 당신이 정말로 하고 싶었던 일이야? 차라리 봉사 활동을 하면 보람을 느낄 수 있지 않겠어? 아니면 돈을 벌고 싶은 거야? 그런데 사실 초등학생인 아이들을 두고 당신이 밤늦은 시간에 나가서 일해야 할 만큼 지금 상황이 어려운 건 아니지 않아?"

가족들의 한마디 한마디가 날 궁지로 몰았다. 평생에 걸쳐 하고 싶었던 일도 아니고 남편 말대로 진정한 보람을 찾는 일이라고 하기도 힘들다. 저렇게 엄마를 찾는 애들을 두고 늦은 시간까지 일해야 할 만큼 가정이 당장 위기 상황도 아니고 그 수입이 가정 경제에 대단한 역할을 할 만큼 큰 것도 아니다.

두서없이 생각나는 말들. 시어머니가 내게 일을 하는 것도 아닌데 살림도 못한다고 타박하는 게 더 이상 듣기 싫고, 물건 살 때 (당신이 뭐라고 하지 않아도) 괜히 당신 눈치 보는 내가 싫다고, 애들 학교 보내고 빈집에 있으면 집이 아니라 감옥같이 답답하고 차 한잔 마시자고 할 사람도 없을 때는 인생 잘못 살았나 공연히 울적해지는 날들이 싫다고. 가슴속에 맺힌 건 많은데 쏟아 놓고 보면 투정으로밖에 들리지 않을 그 말들이 혀에서만 맴돌았다.

"나 있잖아, 일자리 검색하다가 예전 메일들을 읽었는데 말이야. 나, 꽤 멋있었더라. 친구들이나 직장 동료들이 묘사한 내 모습들이 있잖아? 아, 이렇게 당당한 시절이 있었나 싶더라고. 내가 뭐라고 메일을 보냈는지는 남아 있지 않지만 그 사람들이 보낸 답장을 보니까 내가 참 멋있는 말들을 많이 했었나 봐. 사회에 대해서, 또 인생에 대해서도 생각 많고 소신 있으면서 딱 부러지게 표현할 줄 아는, 어떤 멋진 여자가 그려졌어. 그리고 그녀를 참 좋아했던 사람들이 있었어. 그런데 지금 나는……. 지금 나는 있잖아……."

남편에게 등을 돌린 채 설거지를 하면서 목이 메어 잠시 말을 멈췄다. 지금 나는 젊은 시절 쌓아온 시간들과 뚝 끊겨서 전혀 다른 사람이 되어 있다. 문제는 그 사람이 누군지 나도 모르겠다는 것이다. 육아와 살림 말고 뭐라도 해보면 끊어졌던 내 삶의 연속성이 회복되지 않을까. 학원 강사 한다고 젊은 시절 멋있는 그녀가 불쑥 돌아오는 것도 아니고 그 시절 사람들이 다시 나타날 것도 아니지만 뭔가 실마리라도 찾을 수 있지 않을까.

냉정하게 돌아보면 집 밖으로 나간다고 해서 무조건 자아를 찾을 수 있는 건 아니었다. 그 학원에 신설반이 생겨 일찍 퇴근하는 조건으로 나가긴 했지만 말이다. 수전처럼 어디든 좋으니 나만의

19호실을 찾을 수 있으면 좋겠다고 방황한 그 시간들을 떠올릴 때면 그날 저녁 풍경이 떠오른다. 아이들을 보며 나는 못된 엄마인가 죄책감을 느끼는 동시에 '맞는 말'만 하는 남편이 참 얄미워 보이는데 딱히 반박도 못해서 좀 억울했던 그날 저녁. 그런 시간들이 결국 '엄마'와 '나' 사이의 균형을 찾는 과정이었다는 생각이 든다.

19호실을 애타게 찾는 한편으로 나쁜 엄마인가 여전히 자책하고 있을 많은 엄마들. 이 밤, 그 엄마들의 깊은 한숨에 가만히 귀 기울여 본다.

# 경단녀의 취준 일기

새해 첫출발에 어울리는 멋진 성공담을 쓰고 싶었다. 동화처럼 꿈이 이루어지는.

지난 연말에 생각지도 못한 곳에서 서류 전형에 이어 필기시험에도 합격했다는 연락이 왔다. 내가 잘할 수 있는 일이고, 재미있게 할 만한 일이라고 생각해서 지원했지만 큰 기대는 하지 않았다. 마감 하루 전에 공고를 확인해서 자기소개서나 경력기술서도 급하게 써서 냈던 터였다. 필기시험 준비 같은 건 더더구나 제대로 못했는데 요즘 구직자들 사이에서 '꿈의 직장'으로 통하는 공공기관의 2차 채용 관문까지 용케 통과했다.

서류와 필기에 차례차례 통과하고 보니 욕심이 생겼다. 사실 나이를 이유로 영세한 회사에서조차 서류도 받아 주지 않았던 적이 있었다. '경단녀'가 아니었다면, 젊었을 때였다면 오라고 해도 안 갔을 곳에서 말이다. 이제 사회에서 나를 필요로 하는 곳은 없는 건가 의기소침해지려는 순간 이렇게 뭇사람들의 선망의 대상이 되는 직장에서 면접을 보자 하니 자신감이 생겼다.

드디어 면접날. 제법 자신만만한 얼굴로 면접장 대기실에 들어섰지만, 너무 어려 보이는 지원자들 앞에서 가벼운 탄식이 나왔다.

'혹시 나는 들러리인가? 어차피 나이 많다고 제쳐 놓을 건가 보다. 그런데 왜 오라고 했지?'

검은 정장에 흰 블라우스라는 전형적인 면접 룩을 입은 그녀들에 비해 내 옷차림은 필요 이상의 위엄마저 있었다. 면접을 앞두고 해맑은 얼굴로 서로 인사를 나누는 지원자들 사이에서 마음이 복잡해졌다. 본게임에 들어가기 전부터 마음의 동요를 주체하지 못하고 있는데 인사팀 직원이 나를 다른 대기실로 데려갔다. 그곳에는 제법 경력이 있어 보이는 또 다른 그녀들이 있었다. 두 그룹으로 나눠서 면접을 본다는 간단한 안내를 받고 대기실에서 기다렸다. 조금 전에 경쾌한 분위기로 떠들던 지원자들과 달리 이쪽 대기실의 지원자들은 긴장한 표정으로 서로 마주 앉아 있었다. 팽팽한 긴장감이 감도는 분위기 속에서 한 지원자가 불쑥 말을 꺼냈다.

"저쪽 대기실 분들은 되게 어려 보이더라고요. 전 나이가 있는
데……."

같은 걱정을 하고 있었다는 사실에 이상하게 위안이 되었다.
나이가 뭐라고 이렇게 취업 관문 앞에서 작아지는 걸까.

면접에서는 예상대로 나의 공백기가 자꾸 도마에 올랐다. 왜
직장을 그만두었냐, ○○년부터 ○○년까지는 이력서에 기재된
게 없는데 뭘 했느냐 등등. 결혼과 두 번의 출산과 육아를 거치느
라 숭숭 구멍이 난 이력서를 멋지게 기워 낼 만한 언변을 발휘했
어야 했는데 연이은 면접관들의 질문에 너무 긴장한 탓인지 충분
히 설명을 못했다. 그래요, 나 애 둘 낳고 키우느라 공백이 생겼고
예전만큼 순발력 있게 일하지 못할지 몰라요. 하지만 누구보다
내가 잘하는 분야예요. 누구보다 기본기가 탄탄하다고요. 이렇게
말했어야 했는데 지나간 세월을 둘러싼 수많은 이야기가 입가에
서만 맴돌고 좀처럼 시원하게 나오지 않았다.

며칠 뒤 홍콩 디즈니랜드에서 놀이기구를 타기 위해 줄을 서
있다가 불합격 문자를 받았다. 면접 보기 전에 잠깐 생각했다. 만
약 합격 문자를 홍콩 여행 중에 받으면 얼마나 기쁠까? 경력 단절

녀가 공백을 딛고, 숱한 서류 탈락의 수모를 이겨 내고 마침내 합격하고 게다가 그 소식을 가족 여행 중에 듣게 되다. 배경은 홍콩 디즈니랜드의 불꽃놀이. 생각만 해도 동화였다. 하지만 현실에서 동화는 전개되지 않았다. 아니, 디즈니랜드의 화려한 퍼레이드를 보고 있자니 오히려 더 서러운 마음만 밀려들었다.

내 인생은 왜 동화가 아닌 거야? 왜 누군가에겐 허락된 동화가 나에겐 용납되지 않는 거야? 내가 지난 세월 동안 애들 키우고 복잡한 마음 다스리며 그래도 일하려고 얼마나 애써 왔는데. 왜 안 된 거지? 아무나 붙잡고 물어보고 싶었다. 면접만 좀 더 잘 봤어도 됐을 텐데, 5년만 젊었어도 됐을 텐데, 애들 어릴 때 박차고 나왔으면 됐을 텐데. 면접 보던 시점으로 시간을 되감는 것도 모자라 내 인생을 통째로 돌려 보면서 디즈니랜드 한복판에서 한숨을 쉬고 있었다.

그렇게 인생을 되감기하다가 문득 생각났다. 내가 누군가를 밀어내고 취직했었다는 사실이. 20년도 더 된 이야기다. 어떤 공공 기관에 누군가의 합격이 거의 결정되었고 그는 기쁨에 겨워하며 실무진과 인사까지 나눴다. 이변이 없는 한 그는 첫 출근을 했어야 했는데 이변이 생겨 버렸다. 최종 임원 면접에서 떨어진 것이다. 그런 일은 거의 전례가 없다고 들었다. 전례 없던 그 일 덕분(?)

에 새로 사람을 뽑아야 했고, 그렇게 해서 뽑힌 사람이 나였다.

한 번도 생각해 보지 않았다. 내가 누린 달콤한 동화가 누군가에게는 크나큰 아픔이었을 거란 사실을. 힘겹게 취직 관문을 통과했다고 기뻐했을 그의 가족들, 여기저기서 받았을 축하 전화, 첫 출근을 앞두고 설레며 준비했을 출근복. 그 모든 것이 수포로 돌아갔을 때 얼마나 상심했을까? 내 탓이라고 할 수는 없지만, 얼굴도 모르고 이미 다른 길을 찾아 잘 살고 있을지 모르는 그에게 그때 얼마나 힘들었느냐고 묻고 싶은 마음이 들었다.

내가 해피엔딩의 주인공이 되는 건 당연하고, 시련의 주인공이 되는 건 안 된다는 근거 없는 자신감은 어디서 온 걸까? 20년 전 그가 나보다 크게 못나서 떨어졌을까? 마지막 한 조각의 운이 없었는지 모른다. 그 운을 내가 덥석 잡았던 거다. 나에게 오는 행운은 당연시하고 나를 비켜 가지 않는 불운은 못마땅해하는 철부지 같은 마음을 아직도 갖고 있구나. 원망과 후회의 마음을 가지런히 개서 한편에 밀어 놓으며 생각을 정리해 봤다.

사실 뒤늦게 욕심을 부렸을 뿐, 그다지 준비도 많이 못 해놓고 결과가 안 좋으니 이 생각 저 생각이 꼬리에 꼬리를 물고 이어진 듯하다. 나이 때문에 위축되어 실력 발휘 못한 것도 결국 내 탓이다. 내가 정말 자신 있다면 모두가 나에게 당신은 경단녀라 못할 것 같소, 손가락질해도 설득했어야 한다.

설득하기도 전에 마음으로 이미 포기해 버린 건 나였다. 경단녀에 대한 사회적 푸대접에 때론 항의하고 때론 분개하는 것, 필요한 일이지만 그전에 내가 나를 믿지 못하면 안 된다. 나조차 설득 못하면서 누구를 설득하겠는가.

한편으론 다행이다. 20년 전 누군가의 아픔을 돌아보게 되어서. 오래전 행운에 대해서는 겸손을, 지금의 불운에 대해서는 인내를 배울 수 있어서.

당장의 해피엔딩이 아니라도, 참 길고 지루해도, 도대체가 극적인 반전은 언제 나오는지 알 수 없어도, 누군가를 이해하고 세상을 알아 가고 나를 찾아가는 동화는 올해에도 계속될 것 같다.

## 간호조무사 이자영 님

저는 아이들이 고등학생, 중학생이 되어 시간이 많아지면서 간호조무사 일을 다시 시작했어요. 결혼 전에 즐겁게 했던 기억이 있기에 작은 병원이지만 재취업을 했을 때 기뻤죠. 그런데 뜻밖에도 주변 시선이 편하지 않았어요. 그간 집에서 아이들 키우고 봉사 활동을 하며 지낼 때는 제 자신에 대해 긍지를 갖고 있었어요. 사실 아이들도 크게 속 썩이지 않고 잘 커줬고 봉사 활동을 하면 언제나 '자영 씨 없으면 어쩔 뻔했어?'라는 인사를 들었으니까요. 그런데 취업을 한 후에 '남편이 박사 학위 딴 연구원인데 간호조무사를 다시 하다니 대단해요'라는, 칭찬인지 아닌지 모를 말들에 상처를 받기 시작했어요. 병원에서 다시 일을 한다고 했더니 '간호사냐, 간호조무사냐' 굳이 확인하는 사람들도 있었고요. 같은 일이라도 젊어서 할 때는 관대한 시선으로 보던 사람들이 중년인 제가 하니 야박한 평가를 내리더군요. 그런 말들에 자존감이 떨어지는 느낌이 들었어요.

한때는 방송통신대학교에서 공부할까 생각해 봤는데 간호사 면허증을 따서 큰 병원에 들어갈 생각도 없는데 굳이 해야 할까 싶더라고요. 작은 병원에서 가족같이 지내는 것도 좋고, 현재 일은 제가 감당할 수 있는 범위 내라서 옮겨야 할 이유가 딱히 없거든요. 동네 병원이라 환자들하고도 정이 들고 제가 보살펴 드린 분들이 너무 고맙다고 인사하면 힘도 나고요. 조건도 맞고 보람도 느끼는 일인데 몇몇 주변 사람들 시선 때문에 놓을 이유는 없다는 결론을 내렸어요. 이제는 즐겁게 다니고 있습니다!

3장

채
워
가
는 시
간

# 엄마의 책 모임

아이 책을 중고로 팔려고 가입한 동네 맘 카페였다. 중고 거래를 하기 위해서는 예의 그 'ㅇ번 방문, ㅇ번 댓글, ㅇ번 게시글' 등의 조건이 있었다. 좀 귀찮았지만 어쩔 수 없이 게시판에 댓글을 달기 위해 게시글을 쭉 읽어 내려갔다. 읽다 보니 엄마들의 독서 모임이 눈에 띄었다.

그간 모임에서 꾸준히 올린 게시물을 읽었는데 이 모임, 좀 특별해 보였다. 엔티엔 드 라 보에시의 『자발적 복종』부터 톨스토이의 『안나 카레니나』까지 다양한 분야의 책을 회원들이 다 같이 읽고 아무데서나 풀어놓을 수 없는 속 깊은 이야기를 나누는 듯했다. 특히 오래전 나에게 깊은 인상을 남겼던 헬렌 니어링의 『아름다운 삶, 사랑 그리고 마무리』를 읽고 논쟁이 오간 흔적을 봤을 때는 다시 학생 때로 돌아간 듯한 두근거림마저 느꼈다. 대략 '소로나 니어링 부부의 자발적 가난, 반자본주의적 삶이 개인적 차원으로 머물지 않고 연대하고 실천하는 혁명가적 모습으로 승화하길 기대했다. 하지만 중년으로 향하는 길목에 서고 보니 거창한 대의보다 개별적 삶의 현장에서 뭔가를 실천하는 게 더 중요한 것 같다'는 내용의 토론이었다. 밤 12시가 넘었지만 잠이 확 달아났다.

'모임에 들고 싶어요.'

게시판에 글을 쓰고 댓글이 달리기를 기다렸다. 한때는 대학 신문사에 있으면서 사회 운동과 시대 상황에 많은 관심을 갖고 지냈다. 나의 이익보다는 사회 정의가 우선이며 소시민으로 사는 건 부끄러운 일이라 생각했다. 그러나 세월이 흘러 막상 그냥 소시민도 아니고, 제대로 된 직장도, 모아 둔 재산도, 하다못해 아이들 똑 부러지게 키우거나 살림 깔끔하게 하는 주부로서의 자질도 부족한, 열등한 소시민으로 살다 보니 젊은 시절 지녔던 신념을 상기하는 게 고통이었다. 밀려드는 고지서 앞에 맥없이 꺾인 젊은이의 초상을 확인하는 것 같았기 때문이다.

하지만 게시판의 글을 읽으며 누군가는 나와 같은 고민을 하며 이 중년의 길목을 지나고 있다는 생각에 가슴이 저렸다. 그 길목에서 함께 책을 읽고 어떻게 사는 게 맞는지 이야기를 나누고 있구나. 세월의 파도에 떠밀려 잊힌 젊은 시절 절박했던 과제들, 아이들 학원 정보와 아파트 분양 소식을 나누는 데 바쁜 사람들 틈에서 생뚱맞게 보일까 말 꺼낸 적 없던 고민들, 그런 것들을 대차게 나누고 있는 사람들의 분위기가 느껴졌다. 얼굴도 모르는 회원들이었지만 게시글을 샅샅이 읽다 보니 벌써부터 모임의 일원이 된 것처럼 친근하게 여겨졌다.

기다리던 연락을 받고 처음 모임에 나가던 날. 초봄이었다. 신학기를 맞이하는 어린아이처럼 들떠서 벚나무 사이를 걸었다. 아직은 쌀쌀한 날씨 탓에 잔뜩 웅크린 꽃봉오리였지만 그 작은 품 안에서 속닥거리며 내일을 기다리는 모습에 덩달아 가슴이 두근거렸다.

어떤 사람들을 만나게 될까? 모임 연락책인 누군가가 환영한다는 인사와 함께 다음 모임 주제가 '종교'라고 미리 알려 줬다. 종교와 관련하여 자유롭게 책을 읽고 의견을 교환할 거라고. 좀 놀랐다. 어디를 가든, 심지어 온라인 카페에서도 '정치와 종교 이야기는 금물'임을 내세우는 운영진이 얼마나 많은가. 이런 금기 따위 아랑곳하지 않는 분위기인가 보다.

약속 장소인 카페에 점점 가까워졌다. 통유리창 너머로 10여 명 남짓한 사람들이 빙 둘러앉아 이야기를 나누는 모습이 눈에 들어왔다. 카페 문을 여니 문에 달린 풍경이 딸그랑 소리를 냈다. 모두의 시선이 나에게 쏠렸다. 어색하게 인사를 건넸는데 다들 반가워하며 자리를 내줬다. 모임 시간에 늦는 사람이 없었다. 괜히 긴장도 되고 어떤 책들을 가지고 왔을지 궁금하기도 했다. 내가 가방에서 주섬주섬 『마가렛 수녀는 왜 모두의 적이 되었는가』를 꺼내자 누군가가 "어떤 내용일지 궁금하네요?"라고 말을 건넸다. 테이블 위에 각자 자신이 가져온 책을 꺼내 놓았다. 재빨리 훑어보니 모르는 책도 있고 『만들어진 신』이나 『무신론자를 위한 종교』처럼 익숙한 책도 눈에 띄었다.

한 사람씩 돌아가며 자신이 읽은 책에 대해 소개하는데 팟캐스트에 나오는 전문적인 북 리뷰어들 못지않았다. 드디어 내 차례. 읽은 책에 대한 소견을 밝히려니 목소리가 떨렸다. 이런 자리가 너무 오랜만이었나 보다. 더듬더듬 말을 이어 가면서 간신히 끝마쳤다고 생각했는데 잠깐의 침묵을 깨고 누군가 말했다.

"와, 책 읽은 소감을 언니처럼 일목요연하게 말하는 사람 처음 봤어요. 제가 이번 모임 후기를 쓰는데 언니가 한 말은 다듬을 필요가 없어. 그냥 그대로 받아서도 한 편의 글이 되겠네요. 내용도 흘려들을 게 하나 없이 정말 인상적이었어요."

얼마 만이었을까. 누구 엄마가 아니라 책을 읽고 감상하는 내

안목으로, 내 색깔과 향기로, 내 생각과 신념으로, '나'란 사람으로 인정을 받은 게. 그때 느꼈다. 직장이나 월급 그 자체에 굶주려 있다기보다 나의 성장을 확인할 길 없는 일상에 지쳐 있었다는 걸. 나에 대해 더는 궁금해하지 않는 사람들, 내 생각은 굳이 묻지 않는 대화, 매일 보지만 사실 친밀하지 않은 관계들. 나를 둘러싼 그들과 삶의 이정표가 다른데 혼자 달라지면 낙오될까 애써 부정하고 흉내 내온 나날을 벗어나고 싶은 것이었다.

독서 모임에서는 아이 성적이나 시댁 이야기 말고도 무궁무진한 이야깃거리가 기다리고 있었다. 아니, 아이 이야기를 하거나 시댁 흉을 볼지라도 일상적인 수다가 아니라 원거리에서 일상을 조망하며 나누는 대화였기에 끝나고 나서도 공허하지 않았다. 서로를 곁눈질하거나 비교하기 위해서가 아니라 글과 삶을 나누는 연장선상에서, 그리고 어떻게 살아야 하나를 함께 고민하는 맥락에서 쌓이는 이야기들은 시간뿐 아니라 마음마저 채워 줬다.

그저 어느 학원이 좋다더라, 어느 고등학교에서 무슨 대학을 얼마큼 보냈다더라 식의 서로의 조바심을 더 자극해 끝에 가서는 근심 가득하게 만드는 이야기가 아니라 『공부 중독』을 읽으면서 입시에 전 국민이 매달리게 되는 배경을 이해하고 그렇다면 아이들을 어떻게 키워야 하는지 깊이 있게 통찰하는 대화에 가슴이 벅차올랐다. 고등학교 때 읽은 『호밀밭의 파수꾼』을 다시 읽으며 결혼한 이후 누구도 물어보지 않았던 내 고등학교 시절을 공통의 화제로 올리며 왁자하게 떠들고, 『어제까지의 세계』를 통해 오늘을 사는 우리가 잊고 있는 건 무엇인지 함께 되새겨 본 시간들. 온전히 '나'와 마주하는 시간이었다.

모임이 있는 날이면 일찍부터 카페에 자리를 잡고 앉았다. 사람들을 기다리며 음미하던 아메리카노 향, 테이블을 부드럽게 감싸던 아침 햇살, 통유리창 너머 골목길에서 졸고 있는 고양이, 그리고 인상 깊은 문장을 적은 노란 메모지. 언젠가 그 메모지에 서경식 교수의 『시의 힘』에 나온 다음 문구를 적어 왔다.

'생각하면 이것이 시의 힘이다. 말하자면 승산 유무를 넘어선 곳에서 사람이 사람에게 무언가를 전하고, 사람을 움직이는 힘이다.
　그러한 시는 차곡차곡 겹쳐 쌓인 패배의 역사 속에서 태어나서 끊임없이 패자에게 힘을 준다. 승산 유무로 따지자면 소수자는 언제나 패한다. 효율성이니 유효성이라는 것으로는 자본에 진다. 기술이 없는 인간은 기술이 있는 인간에게 진다. 하지만 그것과는 별개의 원리로서 인간은 이러해야 한다거나, 이럴 수가 있다거나, 이렇게 되고 싶다고 말하는

*것이며, 그것이 사람을 움직인다. 그것이 시의 작용이다.*

승산 유무와는 별개의 원리로서 인간은 이러해야 한다거나, 이럴 수가 있다거나, 이렇게 되고 싶다고 말하는 것. 비로소 나의 말을 찾은 기분이 들었다. 그동안 목이 메어 말하지 못했던 수많은 이야기들이 이 짧은 구절에 들어 있었다.

눈이 핑핑 돌아갈 만큼 빨리 돌아가는 세상. 다들 뒤처지지 않으려고 바쁘다. 그 속에서 '인간은 이러해야 하지 않을까' 고민하는 사람들은 세상 물정 모르는 순진하거나 아둔한 사람들 같다. 사람들과 관계를 맺는 방식도 그렇다. 그들은 실리 위주로 관계를 편성하지 못하고 여전히 친밀한 어떤 것에 허기를 느낀다.

그 어리석은 사람들 중 하나인 나를 스스로 못마땅하게 여겨왔나 보다. 『시의 힘』에 나온 이 구절을 읽었을 때 '그래, 내 삶은 틀리지 않았어!'라고 어디 가서 소리라도 지르고 싶었다. 틀린 삶은 없다. 누구의 삶도 틀렸다고 함부로 말하면 안 된다. 세속적인 잣대를 들이대며 너무 쉽게 타인의 삶을 재단하고 평가하는 사람들에게 무기력하게 당할 수는 없다.

책을 읽고 나누는 사람들이 생기면서 내가 원하는 게 무엇인지 알게 됐다. 두려워해야 하는 건 면접에 불합격하거나 아파트 분양에 당첨되지 못하는 게 아니었다. 맞지 않는 옷을 입고 내 자리가 아닌 무대에 서서 다른 사람의 흉내를 내는 데 인생의 모든 에너지를 쏟아붓는 것이다. 무기력하게 소파에 앉아 있던 나를 일으켜 세운 건 당장의 취직이 아니라 너무 잘 알고 있다고 생각한 나를, 사실은 나조차도 홀대하고 제대로 모르고 있었다는 사실에 대한 깨달음이었다.

그때 아이들 중고 책은 결국 팔지 못하고 누군가에게 그냥 줬던 것 같다. 하지만 책 모임은 몇 년간 이어졌고 나를 찾아가는 소중한 여정이 되었다. 다른 사람들과 다르지 않으려고 무던히 애썼으나 잘 되지 않아 힘들었던 시간들. 혼자라면 벗기 힘들었을 그 허울을 훌훌 벗어던지게 해준 책 모임의 아침 풍경들을 떠올려 본다.

# 엄마의
## 첫 책 쓰기

거창한 목표를 세웠던 건 아니다. 책 모임을 이어 가다 보니 하고 싶은 이야기가 떠올랐고 습작 삼아 단편소설을 쓰기 시작했다. 대학 국문과에 입학할 때는 많은 이가 그렇듯 나 또한 소설가를 꿈꿨지만 세월 속에 잊고 지냈다. 모임을 통해 독서량이 늘면서 다시 소설을 써보고 싶었다. 김영하 작가가 인터뷰에서 밝힌 것처럼 소설은 주로 '실패와 실패자들'에 대한 이야기이기 때문에 이런 거 썼다가 내 어두운 과거가 들통나면 어쩌지라는 걱정 따위는 할 필요가 없었다. 인간관계에, 입시에, 취직에 실패한 모든 사건이 다 이야깃거리가 됐다. 심지어 정이현 작가의 「서랍 속의 집」을 보면서 부동산 투자에 실패했던 것도 소설의 소재가 될 수 있겠다는 생각이 들어 팔자마자 오르고 사자마자 떨어졌던 집에 대한 아픈 기억도 떠올렸다.

그렇게 틈틈이 소설 습작을 이어 가다 아마추어 작가들을 대상으로 소설가가 온라인 코칭을 해주는 사이트를 발견했다. 작품을 보내고 회신이 오기를 얼마나 기다렸는지. 기대 반 걱정 반으로 열어 본 메일함에는 꽤나 긴 답변이 와 있었다. 몇 번을 정독한 결과 '소재에 무척 관심이 가고 문장도 뛰어나다. 그런데 기본적인 소설적 구성을 갖추는 데는 미흡하다'는 평가였다. 나로선 건드리기 어려웠던 어린 시절의 이야기까지 녹여 내며 공을 들여 썼는데 그다지 좋은 평가를 받지 못한 것 같아 우울했다. 안 그래도 심란한데 대학 시절 한때 친했던 후배가 장편소설 문학상을 수상하며 화려하게 등단했다는 소식을 들었다. 후배의 인터뷰를 굳이 검색해서 보고 극찬한 평론가들의 심사평을 꼼꼼히 읽으며 초라한 내 신세와 비교했다. 남과 비교하면 지옥이 시작된다는 걸 알고 있었지만 내 마음이 이미 지옥문을 여는 걸 막을 수 없었다.

제대로 시작도 하기 전에 낙담해서 쌓아 놓은 원고와 틈틈이 적은 메모를 서랍에 아무렇게나 쑤셔 넣었다. 애들 키우느라 시간도 없고 글을 쓸 '자기만의 방'조차 없어. 서울에 가서 배우고 싶은데 너무 멀어. 무엇보다 재능이 없잖아. 글을 쓰지 말아야 할 이유가 끝도 없이 떠올랐다. 수시로 두드리던 키보드를 멀리한 채 하루하루가 지났다. 그런데 안 쓰고 있자니 자꾸 하고 싶은 이야기가 떠올랐다. 누구에게 뜬금없이 전화해 말할 수도 없지만 하지 않고는 못 배기는 내 안의 사연들. 떠오른 단상을 놓칠까 봐 깨알같이 적은 메모들. 아까웠다. 그러다 '꼭 소설이어야 할까?' 하는 의문이 들었다. 소설적 구성을 갖추기 어려웠던 건 실제 하고 싶은 이야기가 너무 많이 쏟아져 나왔기 때문이 아닐까? 그렇다면 허구의 형식을 빌리지 말고 그냥 하고 싶은 이야기를 쓰면 안 될까?

새로운 비전을 찾은 나는 심기일전해서 서점에 진열된 에세이를 뒤져 봤다. 요즘은 에세이가 대세라더니 정말 다양한 에세이가 있었다. 어떻게 이런 것까지 솔직하게 밝힐 수 있나 싶을 정도로 자신의 과거와 가족사를 다 공개한 에세이도 있었고 그럴듯하게 자신을 포장한 느낌이 드는 에세이도 있었다. 그중에서 나와 같은 엄마들의 에세이에 눈길이 갔다.

세상에는 멋진 엄마들이 많았다. 엄마표 학습으로 자식 교육에 성공한 엄마, 어린아이를 누군가에게 맡기고 세계 곳곳을 누비며 여행 에세이를 쓴 엄마, 바쁘고 힘들지만 자신의 커리어를 성취해 나가는 엄마…….

10여 년째 초보 엄마 티를 못 벗고 자식 교육에 매 순간 서툰 나는 육아에 대해 누구에게 훈수를 둘 처지도 아니었고 별다른 돈벌이를 못하고 있다는 데 주눅 들어 '나 홀로 해외 여행' 같은 건 꿈도 못 꿨으니 여행 에세이 같은 걸 쓸 수도 없다. 이렇다 할 사회적 성취는커녕 결혼과 동시에 사표 내고 남편 따라 이주한, 파워 워킹맘의 대척점에 위치한 마당에 여성의 사회적 성공 운운할 자격도 없게 느껴졌다.

대체 내가 뭘 쓸 수 있을까? 들떠서 갔던 서점에서 축 처진 어깨로 돌아왔다. 다들 열정 넘치는 엄마로 사는 동안 나는 뭘 하고 살았나 허망해져 컴퓨터 앞에 앉아 키보드만 만지작거리다 오래전부터 써온 블로그 일기를 봤다. 결혼 초부터 썼던 일기는 그 양이 제법 됐다. 처음에는 '은수야, 넌 그동안 대체 뭐 하며 산 거니?'라는 마음으로 읽기 시작했는데 울다 웃다 어느새 한 시간을 훌쩍 넘겼다.

결혼하고 아이를 키운다는 건 이기적인 본성을 거슬러 완전히 이타적인 존재가 되어 보는 경험이었다. 단순한 이해득실로 따지기 어려운 시댁이나 이웃과 맺은 복잡한 관계를 풀어 가야 했고, 그 와중에 당장의 사회적 성취에서 밀려난 초조한 마음까지 다스려야 했다. 누구나 겪는 일상 같지만 그 내면의 결은 누구도 똑같지 않다. 다 읽고 나니 서점에서 읽었던 근사한 엄마들의 에세이는 아니지만 방금 나를 위로한 것처럼 누군가에게는 위안이 되고 용기를 주는 이야기가 될 수도 있겠다는 생각이 들었다.

시중에 쏟아져 나온 글쓰기 책에는 글이 안 써지는 사람들을 위한 수많은 팁이 있다. '글쓰기를 위한 백 가지 질문 거리', '글쓰기를 위한 브레인스토밍', '당신이 쓸 만한 글쓰기 소재들'이 나열된 수많은 책들. 그런 책을 안 보고도 이렇게 진솔한 이야기를 쓸 수 있다면 그것이 재능이 아닐까.

블로그를 읽고 이리저리 고심한 끝에 원고의 콘셉트는 어느 정도 잡았다. 띄엄띄엄 습작을 했던 때와 달리 매일 글을 쓰기로 마음먹었다. 많은 글쓰기 강사들이 지적하듯이 글쓰기 근육은 매일 단련시키지 않으면 풀어져 버리기 때문이다. 처음에는 쉽지 않았다. 방문을 걸어 잠그고 글을 쓸라치면 아직 엄마 손이 필요한 둘째가 꼭 무슨 핑계를 대서라도 불러냈다. 주말에 남편에게 아이들을 맡기고 도서관으로 피신해도 아빠한테 혼난 첫째가 울면서 전화를 하면 받아 줘야 했다. 원고에 집중하기 위해 모았던 감정이 흐트러질 때마다 짜증도 나고 언제 나는 작업실 있는 작가가 되어 보나 한탄도 했다.

가끔 이렇게는 못 쓰겠다, 애들 더 크면 써야겠다 싶다가도 한 장 한장 쌓이는 원고를 보니 포기가 안 됐다. 가장 집중이 잘될 때는 아이들이 잠들고 난 뒤 서재방에서 키보드 두드리는 소리 외에는 아무것도 들리지 않을 때였다. 처음에는 한 문장 썼다 지웠다만 반복하고 진도가 안 나갔지만 어느새 키보드가 저절로 움직이는 것처럼 타닥타닥 원고가 채워졌다. 가끔 남편이 거실에서 텔레비전을 보기도 했으나 세상과 단절된 사람처럼 아무 소리도 들리지 않았다.

겨울밤, 혼자 원고 속 세상에서 숱한 기억을 떠올리며 얼마나 많은 사람들을 다시 만났던가. 상처 입은 채 아직도 내 안에서 떠도는 어린 '나'도 만나고, 오래전 내 안에서 꼬물대던 신생아 시절 아이들도 보듬었다. 혼자만의 것이라고 생각한 마음이 세상과 사람 속에서 어떻게 작동했는지 돌아보며 사람과 사람 사이를, 과거와 현재를 넘나들었다. 원고 속 세상에서 만난 사람들, 마주한 이야기들, 나도 몰랐던 복잡한 감정의 스펙트럼들.

매서운 겨울이 끝나 갈 무렵, 나에겐 원고지 800매가 넘는 원고가 쌓였다. 처음 쓸 때는 출판사랑 계약한 것도 아니고 과연 누가 책을 내줄까 걱정스러운 마음이 앞섰다. 겨울 내내 매일같이 글을 쓰다 보니 엉켜 있던 많은 기억이 정리되고 요동치던 마음도 가라앉았다. 원고 마지막에 '나오는 글'을 쓰는데 정말 한 세상을 마무리 짓고 새 세상으로 첫걸음을 내딛는 느낌이었다.

출판 기획서와 샘플 원고를 몇몇 출판사에 보냈다. 그러나 '우리 출판사와는 맞지 않는다'는 엇비슷한 거절의 메일이 속속 도착했다. 안 되는 걸까. 울적했지만 포기하지 않고 계속 메일함의 로그인 로그아웃을 반복하며 기다렸는데 하루는 모르는 번호로 부재중 전화가 와 있었다. 출판사일지 모른다는 기대에 전화를 걸었다.

"은수 작가님? 원고 잘 읽었습니다. 저희 출판사와 계약하시면 어떨까요?"

'작가님'이란 호칭이 왜 그리 낯설던지. 몇천 대 일의 신춘문예에 당선되어야 받을 수 있는 호칭인 줄 알았다. 막상 출간 계약을 했어도 일상에 큰 변화는 없었다. 아침에 애들 학교 보내고 청소하고 빨래하고…… 비슷한 일과였지만 내 책이 나온다는 사실만 생각하면 없던 체력도 불끈 솟아 살림의 여왕처럼 집안일을 뚝딱 끝냈다. 만날 사람이 없어도 외롭지 않았고 할 일이 없어도 허전하지 않았다. 책에 대한 구상과 고민은 즐거웠고 미지의 독자들과 만날 미래를 생각하면 가슴이 설렜다. 누구를 만나서 수다를 떨면 모아 놓은 감정과 글감이 사라지는 것 같아 약속도 꼭 필요한 경우에만 잡았다.

수없이 퇴고를 거듭한 끝에 드디어 내 책이 대형 서점 매대에 놓였다. 반가우면서도 당황스러웠다. 저자가 아닌 척하며 책이 진열된 모습을 찍기도 했다. 누군가 내 책을 집어 들면 표정을 살피며 어떤 생각을 할까 궁금해하고 인터넷에서 후기도 검색해 봤다. 공감했다는 리뷰나 앞으로도 계속 좋은 글을 써달라는 당부가 올라오면 구름 위를 걷는 기분이었다.

내가 사는 좁은 동네에서 난 직장에 다니는 것도 아니면서 아이들 학업에는 무심한, 누군가에게는 한심해 보이는 엄마였는지 모른다. 그러나 민들레 홀씨처럼 전국으로 퍼져 나간 책을 통해 수많은 독자와 소통하고 공감하게 됐다. 책 속 이야기는 그저 활자로 머물지 않았다. 독자들은 자신이 처한 상황에 따라 다양하게 해석하고 감상했다. 책을 쓸 때는 철저히 혼자라고 생각했는데 세상에 나온 책은 나의 이야기를 함께 변주할 독자들을 데려다주었다. 얼굴도 모르는 독자와 밤늦게 댓글을 주고받으며 실감했다. 신용카드나 성적표 아니면 아파트 같은 보이는 것만 숭배하는 세상에서 보이지 않는 마음의 풍경을 나눌 누군가를 애타게 찾아왔다는 것을. 엄마라는 자격 말고 순수하게 나라는 사람에 대해 궁금해하는 사람들을 만나고 싶었다는 것을.

정현종 시인의 〈방문객〉이란 시에 나오듯이, 한 사람이 온다는 건 그의 과거와 현재와 미래가 오는 실로 어마어마한 일이다. 내 이야기에 마음을 열고 귀를 기울여 준 독자들이 고맙고, 책을 매개로 작가와 독자 간 마음의 변주가 이루어진다고 생각한다. 책

을 통해 작가와 독자는 서로의 인생에 노크하고 서로에게 어마어
마한 존재가 되어 가는 게 아닐까.

# 엄마의
# 글쓰기 수업

더운 날이었다. 학교에서 아이들 독서논술 수업을 마치고 주차장까지 걷는데 잠깐 사이에 등에서 땀이 줄줄 흘렀다. 방과후 교사에게 사물함을 지급하지 않아서 매번 많은 책과 짐을 들고 이동해야 했다. 차키를 꺼내려고 길가에 짐을 내려놓고 문득 올려다본 플라타너스. 한여름 푸른 하늘에 머리를 담근 키 큰 플라타너스가 바람에 흔들리는 걸 한참 바라보고 있으려니 이상한 기분이 들었다. 분명히 내가 플라타너스를 보고 있었는데 어느새 플라타너스가 나를 내려다보고 있는 것이다. 땀이 흐르는 볼, 팔목에 난 가방 손잡이 자국, 더운 바람이 흔드는 흰 블라우스. 그때를 떠올리면 마치 사진처럼 내가 보여서 그 순간 정말 내 영혼이 플라타너스에 잠시 걸터앉았던 건 아닐까, 말도 안 되는 생각을 한다.

글 쓰는 시간은 이렇게 잠시 내 영혼이 날아올라 나를 내려다보는 순간이 아닌가 한다. 은희경 작가의 『새의 선물』에서 진희는 '보이는 나'와 '바라보는 나'를 구분해서 자신을 바라보는 사람들의 불편한 시선을 피해 간다. 상처 받은 내면을 다른 사람들에게 들키고 싶지 않은 열두 살 소녀의 자구책이다. 플라타너스를 바라볼 때 내 마음이 힘들었던 것 같다. 공백기가 있는 주부가 할 수 있는 일이 제한적인 데다 아직 손이 가는 아이들을 돌보기 위해 차선책으로 선택한 것이 방과후 교사였다. 학생들은 사랑스러웠지만 사물함조차 내주지 않는 학교, 방과후 교사라고 약간은 하대하듯이 대하는 일부 선생님이나 학부모 때문에 마음을 다칠 때가 있었다. 그날 더위뿐 아니라 이런 처우에 마음이 지쳐 영혼을 플라타너스 나무 위에 잠시 올려놓고 나를 내려다보았는지 모른다. 어쩌면 '잠깐 쉬어 가렴', 플라타너스가 이렇게 속삭였을지도.

냉대나 무시, 모욕을 당하는 순간에 자신을 멀리서 바라보면 다친 마음에 위안을 얻고 밀려드는 설움이 좀 가라앉는다. 글을 쓰다 보면 이런 유체 이탈(?)이 자연스럽게 이루어진다. 그날의 풍경, 그 순간의 고통이나 상실감, 외로움이 글자로 내려앉으면 더 이상 초라하지 않다. 궁상맞기는커녕 오히려 빛이 난다.

엄마들에게 글쓰기 수업이 유용한 건 이런 맥락도 있지 않을까. 사실 학교 다닐 때나 직장 생활을 할 때에는 뚜렷한 내 목소리가 있었다. 다른 사람들과 갈등이 생겨도 내 입장이나 소신, 가치관에 견줘 해결해 나가면 됐다. 그러나 결혼하고 아이들을 키우다 보면 관계가 훨씬 복잡해진다. 불도저처럼 자기 소신을 밀고 나가는 엄마들도 있지만 대부분은 남편, 시댁, 아이가 얽힌 여러 관계 속에서 타협과 양보의 지점을 놓고 고민한다. 직장 생활을 하면서 인간관계에서 오는 어려움도 제법 잘 헤쳐 왔다고 자부했는데 아이를 매개로 한 아이 친구 엄마들 관계나 선생님과의 관계, 남편으로 맺어진 시댁 식구들과의 관계 등 그물망처럼 얽힌 관계에서 내 목소리를 내는 게 쉽지 않았다.

이전까지 누리던 사회적 위치에 대한 상실감도 컸다. 미혼일 때는 왜 빨리 결혼하지 않느냐고 성화이던 사람들이 막상 유부녀가 되고 아이 엄마가 되자 매력이 떨어진 사람인 양 대하더니 직장마저 그만두자 주변인 내지 심하면 낙오자 취급을 했다. 이전부터 알고 지낸 사람은 물론 처음 만난 사람조차 그랬다.

아기 업고 화장도 못하고 다니던 시절, 고급 그릇 가게에 들어가 물건 값을 물어보자 "이건 비싼 건데요?"라며 대답도 안 해주던 점원이 있었다. 얼굴 본 지 30초 만에 이렇게 면전에서 무시를 당할 수도 있다는 사실에 놀랐다. 대학생, 화이트칼라, 아가씨, 정장 차림의 직장인 등으로 살다 경력 단절의 전업주부, 아이 둘 엄마, 목 늘어진 티셔츠 속에 살면서 그간 반쪽짜리 세상에서 살았다는 걸 깨달았다. 사회적 냉대나 모욕에서 먼 안전지대에 머물러 있었던 것이다.

책을 낸 후 독자들로부터 가장 많이 들었던 말이 '내 이야기 같았다'는 소감이다. 가슴속 맺힌 사연을 글 잘 쓰는 어떤 언니가 대신 써준 것 같아 읽으면서 후련했다는 것이다. 안전지대에서 밀려난 채 복잡한 관계를 헤쳐 나가는 엄마들은 마음속에 이야기가 쌓인다. 맺힌 응어리를 언어로 풀지 못해 답답한 엄마들에게 글쓰기 수업은 단순한 작문 시간이 아니다. 상처를 '공개'하고 '공유'하며 '공감' 속에 풀어내는 치유의 시간이다. 옆집 언니와의 일상적인 수다만으로 풀리지 않는 갈증을 채워 가는 과정이다.

수업을 하면서 엄마들이 쓴 글에 감탄할 때가 있다. 단정하고 깔끔한 문장력이나 빼어난 구성 능력이 돋보이는 글보다 여러 사람들에게 깊은 인상을 남기는 글은 내면의 이야기를 풀어낸 것이다. 카페에서 엄마들과 커피를 마시다 누군가 느닷없이 '우리 아이가 따돌림을 당해서 힘든데 사실 제가 어릴 때 그런 일을 겪었거든요. 그래서 제가 당하는 것처럼 느껴져서 더 괴로워요'

라고 말한다면 다들 커피잔을 만지작거리며 난감한 표정으로 서로 눈빛을 주고받을 것이다. 그런 말을 한 엄마를 다음부터는 부르지 않을지도 모른다. 하지만 글쓰기 수업 시간에는 이런 글을 써서 발표하면 박수를 받는다. 내면에 한 점 그늘이 없고 양지만 있는 사람이 존재할까? 짝사랑하는 이에게 의외의 고백을 받는 순간에는 마음속의 모든 그늘이 사라지고 5월의 햇살만 가득하겠지만 그 상태로 평생 똑같은 사람은 좀 무서울 것 같다.

엄마들은 글쓰기 수업에서 잃어버린 목소리를 되찾고 보잘것없다고 느꼈던 자기의 그늘진 사연까지 글로 풀어낸다. 처음에는 발표하기 힘들어하던 이들도 용기를 내 떨리는 목소리로 읽어 나간다. 다른 수강생들에게 호응을 얻고 칭찬도 받으면 조금씩 얼굴이 밝아지고 더 열심히 쓴다.

'글쓰기에 필요한 건 마감과 원고료'라는 우스갯소리가 있다. 기성 작가에겐 그럴지도 모른다. 하지만 출간 계약도 하지 않아 마감도 원고료도 없는 습작생에게는 뭐가 중요할까? 첫 책을 썼을 때를 돌이켜 보면 '언니, 이번 글 정말 좋았어요! 또 써주세요!'라고 격려해 주던 호의적인 독자들의 힘이 컸다. 책 모임에서 만난 동생들은 든든한 우군이 되었다. 사실 이 너그러운 독자들이 습작생에게만 도움이 되는 건 아닐 거다. 모르면 몰라도 많은 기성 작가들도 자기가 쓴 글이 쓰레기처럼 보이고 원고를 그대로 쓰레기통에 넣고 싶은 충동에 시달리지 않을까? 그때 독자들의 응원은 백지를 채워 가게 하는 동력이 될 것이다.

하물며 세월 속에 자신을 꾹꾹 눌러 온 엄마들이 글을 쓰려면 얼마나 많은 칭찬이 필요하겠는가. 그래서 나는 수업을 할 때 내용에 대해 호응해 주는 것은 물론 글을 쓴 사람의 강점을 최대한 찾아내 격려해 줬다. '너그러운 독자'를 자처한 다른 수강생들도 앞다퉈 서로에게 엄지척을 해주고 발표하는 사람이 눈물을 지으면 함께 울고, 유쾌한 이야기에는 함께 행복해했다. 『단순한 기쁨』에서 '천국은 무한한 공감이 이루어지는 곳'이라고 했는데 매주 목요일 오전, 우린 작은 천국을 만들었다.

마지막 수업 시간, 누군가 후기에 이렇게 적었다. '처음에는 부끄러워 기어 들어가는 목소리로 읽었는데 어느덧 목소리에 자신감도 좀 생겼습니다. 모두 잘했다고 칭찬해 주고 귀 기울여 들어주니 힘이 되었습니다. 글을 쓰는 법보다 글을 쓰게 되는 마음과 용기를 얻은 것 같습니다.' 어떤가, 인근에 글쓰기 수업이 있다면 당장 시작하고 싶지 않은가.

# 내 인생의 아리랑 곡선, 나와 화해하기

　　엄마들 수업에서 '내 인생의 아리랑 곡선'을 그리는 시간이 있었다. 자신의 인생을 되돌아보며 상승 곡선과 하강 곡선을 그리는 수업인데, 특이한 점은 엄마들 대부분이 출산 직후부터 2~3년간을 곤두박질치는 하강 곡선으로 표현한다는 것이다. 직장에 다니든 그렇지 않든 어디에 살든 첫아이를 낳은 이후의 시간은 보통 하강 곡선으로 그리고 심지어 여백에 어두운 빗금을 쫙쫙 치는 분도 있다.

　　"아기를 낳은 후에 프리모 레비의 책 제목대로 '이것이 인간인가'라는 생각을 많이 했어요. 산다는 게 뭔가 고민하게 되더라고요. 육체적으로도 정신적으로도 너무 힘들었거든요."

　　"아기를 낳는 순간 갑자기 모성애가 샘솟는 건 아닌데 아기를 위해서 모든 걸 희생해야 하는 일상이 버거웠어요. 난 직장도 인간관계도 공부도 다 포기했는데 주말마다 자기 취미생활까지 챙기는 남편을 보며 허무하고 배신감도 느꼈어요."

"사람이 그리웠어요. 진짜 오랜만에 아기를 데리고 외출했는데 누군가 길을 묻는 거예요. 말을 하려는데 갑자기 목이 메더라고요. 얼마 만에 사람이랑 말하는 건가 싶어서. 그 사람은 길을 물었는데 왜 울먹이나 당황했겠죠."

"나가서 돈 버는 사람이 힘들지 집에서 애 보는 게 뭐 힘드냐고 타박하는 시어머니 보면서 화가 치밀었어요. 경력이 단절되어 초조한 마음을 이해하기는커녕 남편 덕에 집에서 논다고 생각하시더라고요."

"직장에 다녀도 그런 시각은 마찬가지예요. 육아 휴직이 가능한 직장이라 다행이라고 생각했지만 막상 휴직하고 집에 있으니 승진에서 밀려날까 불안했어요. 그런데 시댁에서는 살림 잘하라고 간섭하기 시작했죠."

처음에는 선뜻 자기 이야기를 하지 못하던 이들이 아리랑 곡선을 설명하다 때론 한숨짓고 때론 눈물을 보였다. 엄마들의 한숨과 눈물이 잠깐 멈춘 사이 강의실 밖 하늘을 봤다. 종일 보채는 신생아를 안고 바라보던 오래전 하늘도 저렇게 속없이 푸르고 환했다. 그 시절을 떠올렸을 때 가장 먼저 생각난 사람은 남편이었다. 가족도 친구도 없는 낯선 곳에서 말할 수 있는 사람이라곤 남편밖에 없었으니까. 하지만 그는 늘 늦었고 피곤해했다. 공부하랴 직장 다니랴 살림에 젬병이었던 내가 갑자기 살림과 육아를 모두 떠맡고 우울해하면 남편은 말했다.

"나도 회사 다니는 거 힘들지만 참고 다니잖아. 직장 생활이 재밌고 신나는 사람이 몇이나 되겠어? 힘들지만 어른스럽게 참는 거지 별수 있겠어? 당신도 힘들겠지만 부모가 됐으니 당신 역할을 좀 어른스럽게 해내면 안 될까? 내가 더 도와줄게."

야근으로 피곤해하는 남편이 나에게 건넨 너무나 온당해 보이던 그 말들. 순식간에 나는 어른스럽지 못한 징징이가 됐다. 엄마로서 감내해야 할 마땅한 의무를 의연하게 하지 못하는 자격 미달의 엄마가 됐다. 반박할 말을 찾지 못하는 사이 남편은 더 많은 요구를 하기 시작했다. 손도 빠르고 나보다 집안일을 더 잘하는 남편은 요령 있게 하면 힘들지 않을 텐데 왜 그런 노력을 하지 않느냐고 가끔 짜증스럽게 말하기도 했다.

늘 너저분한 집이 심란해서 한 말이었겠지만 아기 보느라 밥도 못 먹고 잠도 못 자고 심지어 화장실도 제때 못 가는 상황에 그런 지적을 들으니 '이것이 육아인가', '이것이 결혼 생활인가', '이것이 사랑인가' 라는 질문이 쏟아지며 회의가 밀려들었다.

118

며칠 전 우연히 라디오에서 젊은 부부의 사연을 들었다. 신생 아를 돌보느라 지친 아내를 위로하는 남편의 이야기였다.

"회식하느라 늦게 들어오니 식탁에는 먹다 만 이유식 그릇이 뒹굴고 아기 기저귀가 거실 휴지통에서 튀어나와 있더군요. 그리고 가제 수건 몇 개가 널려 있는 침대 옆에 아내와 아기가 곤히 자고 있었습니다. 종일 아기를 돌보느라 힘들었을 아내를 생각하니 너무 안쓰러워 자고 있는 아내를 가만히 토닥여 주었습니다. 살림도 익숙하지 않을 텐데 이렇게 갑자기 아기 엄마가 된 아내가 얼마나 힘들지 생각하면 마음이 아픕니다."

회식하는 것도 미안해하는 젊은 아빠를 보니 세태가 많이 변한 건가 싶다. 남편은 회식도 일의 연장이라며 늦게 들어올 때 별로 미안해하지 않았다. 나 또한 직장 생활에서 회식이 업무의 일환처럼 불편하고 힘든 걸 알기에 힘들다고 투정도 못 부렸다. 뭔지 모르게 억울했지만 제대로 표현할 수 없어 그저 입을 다물었다.

그때 못다 한 말이 많아서였을까. 라디오의 젊은 아빠가 아내를 위로하는 사연을 듣고 있자니 눈물이 걷잡을 수 없이 흘렀다. 결혼 생활에 대한 환상만 가득했지, 실전 육아와 살림에 대해서는 아무것도 몰랐던 젊은 여자. 덜컥 엄마가 된 이후 억울하고 답답한 마음이 솟구치는데 왜 그런지 설명도 못해서 이유도 모르

119

는 눈물을 많이도 흘렸다. 라디오를 듣다 남편에게 전화를 했다.

"지금 라디오 듣는데, 어떤 아빠가 육아에 지친 아내를 참 다정하게도 위로해 주네. 당신은 내가 밥도 못 먹고 애랑 쓰러져 자고 있으면 집이 왜 이렇게 엉망이냐고 화냈어. 집이 그렇게 엉망이될 정도로 종일 얼마나 바쁘고 정신없었을지, 애가 얼마나 울었으면 그랬을지 묻지 않았어."

"……."

"나 얼굴도 모르는 젊은 아빠가 자기 아내 위로해 주는데 왜이렇게 눈물이 나지?"

"그래, 미안해."

"그때 너무 외롭고 힘들었어. 말할 사람이라곤 당신밖에 없었는데 얼굴 보기도 어려웠지. 어쩌다 애 키우기 힘들다고 하소연하면 왜 그리 어른스럽지 못하냐고 타박했어."

"그래, 그땐 나도 어려서 잘 몰랐어. 지금 생각해 보니 미안해."

솔직하게 미안하다고, 잘 몰랐다고 하는 남편의 말이 위로가되었다. 그래, 우린 모두 젊고 처음이고 잘 모르고 그래서 실수도, 오판도 하고, 후회도 하는 거겠지. 오래전 남편의 말에 대한대꾸를 찾는 데 10여 년이 걸렸다.


"그때 말이야, 내가 어른스럽지 못해서 힘든 건 아니었어. 당신은 결혼을 하든 안 하든 아마 지금 다니는 회사 비슷한 곳에서 직장 생활을 했을 거야. 당신이 평생 세계를 일주하는 방랑자의 삶을 꿈꿨는데 결혼해서 직장인이 됐다거나 온 산을 헤매는 심마니로 살다가 갑자기 출퇴근하는 일상을 받아들여야 해서 버겁다거나 그런 건 아니었잖아? 가장의 무게도 물론 힘들겠지만 어느 정도 당신의 예상 범위 안에 있는 게 아닌가 해. 나는 내가 아이들 낳고 키우느라 직장을 그만두고 주부로서 살게 될 거란 생각은 전혀 못했거든. 결혼했다고 해서 일을 못하게 될 거라고 생각을 못했어. 그럼 결혼하고도 직장을 계속 다닐 만큼 만반의 준비를 했느냐고 물으면 그건 아니었으니 나도 할 말은 없어. 직장 생활을 계속할 생각이었다면 연고도 없는 곳에 남편 따라 내려오는 선택을 하지 말았어야 했지. 그 뒤에 몇 번 일할 기회가 왔을 때 애들이고 뭐고 돌봐 줄 사람 있거나 말거나 박차고 나갔어야 했고. 하지만 못했지. 지나간 시간을 돌이켜 누굴 원망하려는 건 아니야. 다만 나에게도 어려움이 있었다는 거, 그 어려움이 내가 어른스럽지 못하다거나 모성이 부족한 엄마라서는 아니었다는 거야."

오찬호 작가의 『결혼과 육아의 사회학』에서는 같은 부모라도 남자와 여자가 느끼는 압박감의 결이 다르다고 말한다. 남자는 결혼 이후에 가장으로서 역할을 다하기 위해 열심히 사회생활을 하는데 이 무게가 가벼운 것은 물론 아니지만 남자들의 생활은 기혼일 때나 미혼일 때나 표면적으로 크게 달라지지 않는다는 것이다. 반면에 여자들은 출산과 육아를 담당하게 되면서 자기의 정체성에 어머니라는 위상을 크게 부여하고 이 때문에 사회생활을 포기할 가능성이 매우 커진다고 한다.

남녀가 평등하고 여성도 사회 속에서 자신을 증명해야 한다고 배운 세대지만 결혼하고 닥친 현실은 어머니 세대랑 별반 다를 바 없기에 이들이 갈등 상황에 직면하는 건 필연적이다. 어머니 세대처럼 전통적인 현모양처상에 순응하고 싶지 않지만 막상 육아와 일을 병행하기에는 가정 내 뒷받침도, 사회적 지원도 절대적으로 부족한 상황에서 결국 화살은 자신을 겨냥한다. 직장 생활을 이어 가면 나쁜 엄마라는 자책감에, 육아 때문에 직장을 포기하면 구시대적이라는 자기 환멸에 빠지는 것이다.

어느새 수강생들이 돌아가며 발표를 마쳤다. 자신의 인생 곡선을 설명한 엄마들의 얼굴이 한결 밝아졌다.

"오늘 이렇게 지난 시간을 아리랑 곡선으로 그리고 발표해 보니 어떠셨어요?"

수강생들에게 물으니 다양한 대답이 돌아온다.

"뭔가 후련하고 마음이 한결 편안해졌어요."

"내 인생에 어떤 인과관계가 있었나 돌아볼 수 있었어요."

"그때 힘들었던 감정이 되살아나서 울컥했는데 그 감정이 비난받지 않고 이렇게 인정받으니 고마운 기분이 들어요."

한참을 생각하던 한 엄마가 말한다.

"20대의 나와 40대의 내가 화해를 했어요. 20대의 내가 40대의 나에게 왜 이렇게밖에 못 사느냐고 화를 내고 있었거든요. 그런데 이렇게 찬찬히 돌아보니 주어진 여건 속에서 그래도 내 나름대로 열심히 살았네요. 이제는 20대의 내가 40대의 나를 토닥여 줄 것 같아요."

모두 고개를 끄덕인다. 엄마라는 공통분모 속에서 힘들었던 순간들을 공유하며 이야기를 나눈 시간은 설명할 수 없던 마음의 그늘을 언어로 풀어내는 과정이다. 글과 삶, 말과 마음이 만나는 지점에서 자신과 화해하기 시작한 엄마들. 더 이상 회한에 젖지 않고 다음 도약을 꿈꾸리라.

# 소중한 인연은
## 늦게 오기도 한다

이사를 앞두고 책장 정리를 했다. 책장이 모자라 책들이 집 안 귀퉁이마다 벽돌처럼 높이 쌓여 더 미루면 안 되겠다 싶었다. 그런데 막상 처분하려니 내 손때가 묻은 한권 한권이 다 애틋해서 좀처럼 떠나보내고 싶지가 않았다. 접힌 페이지를 일일이 펼쳐 보며 그때 내가 어떤 문장 때문에 접어 놓았는지를 떠올렸다. 그러다 정희성 시인의 『한 그리움이 다른 그리움에게』를 발견했다. 내가 이 시집을 언제 샀었지, 생각하며 표지를 들추니 안쪽 페이지에 단정한 글씨가 적혀 있다.

'은수야, 생일 축하해. ― 너를 사랑하는 우리들.'

한참 동안 그 문장을 보며 서 있었다. 쌓인 책들의 밑바닥에서 오랜 세월을 견딘 듯 표지도 눌린 이 시집이 '우리들'의 선물이었구나. 너를 사랑하는 우리들. 먼지 쌓인 시집에 적힌 세 어절이 먼지 묻은 기억 저편을 떠오르게 한다. 나를 사랑해 주는 사람들이 있었다는 사실이 이토록 새삼스러울 수 있는지. 20대의 대학 시절은 짧았지만 누군가에게 사랑받은 눈부신 시간이었다.

전업주부가 되면서 가장 힘들었던 건 인간관계의 단절이었다. 남편과 시댁이 가장 영향력 있는 관계로 부상했지만 그 관계에서 긍정적인 자아상을 만들도록 격려해 주는 어떤 피드백을 기대하긴 어려웠다. 시사 잡지를 읽는 지적인 내 모습에 반했다는 남편은 결혼하고 나니 여느 남자들처럼 남편 내조와 집안 살림을 잘하기를 원했고 시댁에서 며느리는 누구 말대로 쥐며느리에 가까웠다. 시부모님은 좋은 편이었지만 이 나라의 고부 관계가 그랬다.

아이들은 사랑스러웠고 나에게 이만큼 무조건적인 사랑과 호의를 품는 존재가 세상에 또 있을까 때때로 감사한 마음까지 들었다. 그러나 물리적으로나 정서적으로 내가 더 많이 내줘야 하는 관계였다. 사춘기 아이가 방황하며 힘들어할 때, 나 또한 갱년기 전조 증상으로 우울하고 힘들었지만 바짝 마른 감정의 바닥을 박박 긁어서 아이를 위로해 줘야 했다.

이런 관계에서 그나마 위안이 되는 게 이웃 엄마들과의 교류였기에 한때는 꽤 공을 들였다. 10여 년이나 같은 동네에서 살다 보니 아이들 키우는 이야기나 시댁을 둘러싼 갈등까지 집안 사정을 서로 속속들이 알게 되어 무척 가깝다고 생각한 관계였다. 내가 수업을 다니느라 바쁠 때는 감기가 심했던 둘째를 나 대신 병원에 데리고 가주기도 하고 사먹는 반찬이 맛이 없다고 불평하니 '언니 몸 챙겨 가면서 일해'라는 쪽지와 손수 만든 반찬을 건넨 이들도 있었다.

그들은 연고도 없는 타지에서 참 의지가 됐다. 하지만 언제까지나 그런 건 아니었다. 내가 책을 냈을 때 자기 일처럼 기뻐해 주고 동네에서 사인회를 열어야 한다는 등 축하를 해주는 사람들이 많았지만 정말 오랫동안 알고 지낸 사람들에게 의외의 상처를 받기도 했다. 축하한다는 의례적인 인사 한마디가 없었다. 슬픈 일에 안타까워하기는 쉬워도 좋은 일에 함께 기뻐하기는 어렵다는 걸 실감했다.

새로 이사한 동네는 신도시였다. 아직 채 자라지 않은 앙상한 나무들로 인해 도시가 휑해 보였다. 상가는 드문드문 비어 있었고 밤에는 유령도시 같았다. 이곳에서 다시 정 붙이고 살아야 한다고 생각하니 예전 동네의 우거진 플라타너스 나무들, 인연들이 더 그리워졌다. 그런 와중에 받은 한 작은 도서관 관장님의 연락은 단비 같았다.

"선생님, 저희 도서관에서 엄마들 독서나 글쓰기 수업을 해주시면 좋을 것 같은데요. 선생님 이력을 보니 배우고 싶어 하는 엄마들이 많을 것 같아요."

그때 시작된 도서관장님과의 인연으로 또 다른 인연들이 이어졌다. 작은 도서관의 글쓰기 수업을 마칠 때쯤 엄마들이 내 글쓰기 수업이 너무 좋았다며 판을 크게 벌이자고 제안했다. 시 예산을 지원받아 수업도 하고 결과물을 모아 잡지를 만들자는 것이었다. 열정을 가진 몇몇이 모이기 시작했다. 전직 출판사 직원, 심리상담사, 영어 강사 등 면면도 다양했지만 책과 글을 나누는 삶이 삭막한 현실을 이겨 낼 동력이 되리라는 데 뜻을 같이했다.

사업 신청 마감까지는 한 달밖에 남지 않은 시점. 올해는 너무 촉박하니 내년으로 넘기자는 의견과 쇠뿔도 단김에 빼야 한다는 의견이 맞섰다. 역할 분담을 두고도 의견이 갈렸고 월급도 없는 일에 아이 맡겨 가며, 개인적인 볼일 뒤로 미뤄 가며 애썼는데 탈락하면 어쩌나 걱정하는 목소리도 들렸다. 사업에 선정되어 예산을 받으면 좋지만 우리끼리 할 때의 자율성이 침해되는 것 아니냐는 불만스러운 의견도 있었다. 행여 시작했을 때의 훈훈한 분위기가 안 좋게 변할까 걱정하는 마음을 조심스레 내비쳤더니 누군가 말했다.

"사업비를 타려고 이렇게 준비하는 과정에서 사실 각자 마음

속에 충돌이 일어날 거예요. 공식적인 시 지원 사업이 되면 안 하고 싶은 일도 사업 때문에 진행해야 하고 각자의 기여도에 따라 서로 불편한 마음이 생길 수도 있어요. 그런데 우리 이런 경험 다 해봤잖아요. 기획서 쓸 때 몇은 싸우고 몇은 삐져서 집에 가고. 그런 과정 거치면서 하는 거라고 편하게 마음먹어요. 싸우면 맥주 한잔 마시면서 풀고. 혹시나 사업에 선정되지 않으면 우리끼리 재미나게 하면 되고, 선정되면 판 한번 크게 벌이는 거고요. 어쨌거나 저는 은수 선생님과 여러분을 끝까지 놓치지 않고 갈 거예요. 여러분도 그렇지 않나요?"

연륜이 있는 사람들과 어떤 일을 도모하는 건 이런 거구나. 열정이 있지만 조급해하지 않고 여유가 있지만 게으르지 않은 분위기. 밤새 함께 기획서를 작성하다가 '재워 놓고 나온 아이가 깼어요!'라고 당황해하면 누가 먼저랄 것도 없이 얼른 집에 가라고, 얼마나 걱정되냐고 위로하며 보내고, 발표를 맡은 사람이 프레젠테이션 리허설을 하면 다들 물개 박수를 치며 최고라고 격려해 줬다.


"우리 꼭 대학생들 같아요."

누구였을까? 그 말에 다 같이 서로의 얼굴을 마주 보며 웃었다. 짧은 시간에 맺은 인연이었지만 함께 어떤 일을 도모하다 보니 상대에 대해 더 속속들이 알게 되고 관심도 생겼다. 푸근한 왕언니, 사랑스러운 막내, 조심스러운 중재자, 귀여운 독설가 등 각각의 캐릭터도 명확해졌다. 다 똑같은 '아줌마들'인 줄 알았는데 이렇게나 뚜렷한 개성을 지닌 존재들이었다.

쟁쟁한 경쟁 상대들을 제치고 엄마들의 글쓰기 수업이 시의 지원 사업으로 뽑혔다. 역시나 사업에 선정되니 온갖 잡무가 많았다. 보수를 받는 일도 아닌데 네 일 내 일 가리지 않고 바쁜 누군가의 빈자리를 흔쾌히 서로서로 채워 준 덕에 사업은 현재 순항 중이다.

사업의 일환으로 진행한 엄마들 수업에서 『자존감 수업』을 읽고 롤링페이퍼를 쓰는 시간을 가진 적이 있다. 롤링페이퍼라는 단어를 칠판에 쓰자마자 작은 웅성거림이 있었다. 많은 사람들이 돌아가며 쓰느라 꽤 시간이 걸렸지만 각자의 롤링페이퍼를 받아 든 엄마들은 소녀처럼 행복해 했다.

그날 모임 밴드에는 자신의 롤링페이퍼를 장식장에 세워 두고 보고 또 보며 오후 내내 행복해 했다는 글이 올라왔다. 만난 지 한두 달밖에 안 됐는데 이렇게 자신을 요모조모 관찰하고 써준 글들을 보니 오랜 세월을 같이 보낸 친구들 같다고. 어떤 소설가가 소중한 인연은 주로 인생 초반에 만난다고 했는데 인생 중후반에도 충분히 새로 만날 수 있는 것 같다고. 그러자 공감의 댓글이 달렸다. 이렇게 타인들이 자기를 들여다봐 준 게 얼마 만인지 모르겠다며 생각지도 못한 연애편지를 받은 것처럼 가슴 떨리고 설렌다고 했다.

연애편지. '너를 사랑하는 우리들'을 읽었을 때 내 느낌이 그랬던 것 같다. 빛바랜 시집 한 귀퉁이에서 '우리들'은 계속 나를 사랑하고 있었다. 일상의 파도에 떠밀려 정작 나는 그 시절의 나를 잊고 살아도 '우리들'은 변치 않고 나를 만날 날을 기다리고 있었다.

'우리들'은 예상하지 못한 어느 곳에서 불쑥 만날 수 있다. 지금 현재의 인연들에 조금 지친 사람들이라면 저 길목 어디쯤, 당신에게 꼭 맞는 누군가가 당신을 기다리고 있을 거라고 귀띔해 주고 싶다.

# 한 그리움이 다른 그리움에게

정희성

어느 날 당신과 내가

날과 씨로 만나서

하나의 꿈을 엮을 수만 있다면

우리들의 꿈이 만나

한 폭의 비단이 된다면

나는 기다리리, 추운 길목에서

오랜 침묵과 외로움 끝에

한 슬픔이 다른 슬픔에게 손을 주고

한 그리움이 다른 그리움의

그윽한 눈을 들여다볼 때

어느 겨울인들

우리들의 사랑을 춥게 하리

외롭고 긴 기다림 끝에

어느 날 당신과 내가 만나

하나의 꿈을 엮을 수만 있다면

## 시민 활동가 이순열 님

저는 지금 다양한 시민단체에서 일을 하고 있어요. 교통위원회, 미세먼지대책 시민추진위원회, 남북교류협력위원회 등의 위원, 교육청 시민감사관 등으로 활동하고 있죠.

이런 일을 하게 된 계기는 주민센터 강좌 수강생들과 같이 간 시청 공청회 때 생겼어요. 시장에게 질의 응답하는 시간이 있었는데 제가 신도시 신호등 체계의 문제점을 조목조목 짚으면서 질문을 했더니 공청회가 끝난 다음 시장 비서관이 제게 명함을 주더라고요. 지금 신도시의 여러 틀을 잡아 가는 중인데 저 같은 사람이 필요하다고요. 그게 시작이었어요. 이때부터 시청의 여러 위원회에서 활동을 하게 됐죠.

시민단체나 위원회에서 일을 하니 사람들이 제 이야기에 귀를 기울이고 제 주장에 힘이 실렸어요. 방송이나 잡지 등에서 인터뷰도 많이 했는데 시정에 관한 제 목소리가 방송을 탄다는 것도 신기했지만, 이런 과정을 통해 실질적으로 뭔가 개선되는 걸 보며 보람을 느꼈습니다.

저는 '엄마들은 가정의 우주다' 이런 명제가 부담스럽고 싫어요. 엄마로서 가족들의 건강과 행복을 책임지는 역할도 중요하지만 엄마들이 관심을 가져야 할 건 내 가족뿐 아니라 내 가족이 살아갈 사회, 제도, 먹거리, 환경 등 여러 가지가 있잖아요. 그런데 가정이 우주란 이런 말은 자칫 내 자식, 내 남편만 챙기라는 의미로 오인되는 것 같아요. 엄마들이 비슷한 관심사와 취미, 가치관을 지닌 사람들과 연대하고 동호회 활동을 펼쳐나가면 좋겠습니다.

## 보드게임지도사 김은영 님

　저는 학교에서 보드게임을 가르치는 방과후 교사예요. 그것이 큰 수입을 보장하는 일은 아닐지라도 엄마의 역할도 중요하게 생각하는 사람으로서 만족감이 큽니다. 방과후 교사는 전일제가 아니라서 아이들을 돌보면서 일할 수 있거든요. 또 제 일을 하는 동시에 아이들에게 보탬이 되는 공부를 하려고 노력했어요. 보드게임뿐 아니라 종이접기지도사, 냅킨아트지도사 같은 것도 배운 후에 아이들과 같이 할 수 있는 거라 유용했고요.

　보드게임 지도사에 관심 있는 분을 위해 조언하자면 보드게임은 먼저 본인이 즐겨야 해요. 게임에 대한 규칙을 숙지하는 것은 물론 연령과 대상에 맞게 적절히 변형시킬 줄도 알아야 하고요. 초중고 학생 수업만 나가는 게 아니라 때로는 노인 대상 수업도 하거든요. 다양한 연령의 사람들을 대상으로 가르쳐야 하니 융통성도 있어야 하고 가르치는 데 취미가 있어야 해요. 그리고 어떤 분야든 마찬가지지만 보드게임 교육 과정을 이수했다고 해서 바로 수업할 수 있는 건 아니에요. 정식 교육 과정에서 배우는 게임은 10개, 20개밖에 안 되는데 실제 게임 종류는 엄청나게 많으니까요. 동아리도 만들어서 게임도 많이 해보아야 하고 참관수업이나 봉사활동도 하면서 경험을 쌓아야 해요.

　아이냐 일이냐, 고민하는 분들이 있다면 저처럼 두 가지 조건을 충족할 수 있는 틈새의 길도 있다고 알려드리고 싶어요. 물론 자기 적성에 맞아야 하지만 길은 많아요. 지금 당장 일이 없더라도 먼저 증명사진을 찍어 두세요. 그러면 어딘가에 내고 싶어서 뭔가 준비하게 될 거예요.

4장

다
시
아
이
와
의
시
간

# 싸우는 선인장처럼

　존경하는 여성학자 한 분이 새로 책을 내면서 한 웹진과 인터뷰를 했다. 젊은 엄마들에게 보내는 충고라면서 아이에게 한 발짝 떨어져 있기를 강조했다. 아이를 잘 키워야 한다는 엄마의 비장한 각오가 오히려 아이의 자연스러운 성장을 방해한다는 말이었다. 그는 '비 오는 날 우산 한번 갖다 준 적 없다'고 했다. 그런데도 세 아이들을 각자의 자리에서 제 몫을 다하는 일꾼으로 잘 키워 냈다. 부러운 마음이 드는 한편으로 나는 도저히 그 경지에 이르지 못할 것 같은 생각에 의기소침해졌다.

　나로 말하면 부슬부슬 내리는 비에도 행여 아이가 맞을세라 하던 일도 팽개치고 가장 큰 우산을 들고 뛰어나가고, 아이가 학교에서 넘어졌다는 말만 들어도 가슴이 철렁해서 괜찮다는 아이를 굳이 차로 데리러 간다. 아이에게 한 발 떨어져 있기는커녕 아이의 일거수일투족에 노심초사하고 학교 갔다 온 아이의 얼굴 표정이 조금만 어두워도 무슨 일이 있었던 걸까 걱정이 되어 아이가 실토하기만을 기다린다.

부모의 과도한 사랑이 아이에게 좋을 게 없으니 지양해야 한다는 당연한 명제. 그걸 실천하기가 생각보다 어려웠다. 자신의 삶을 살지 못하고 자식만 바라보는 어머니들을 어리석다 비웃었던 젊은 날이 무색하게 나 또한 아이들의 일상이 힘들면 같이 무너지고 아이들이 웃으면 살맛이 났다. 적당한 거리를 유지하려고 애쓰다 보면 너무 훌쩍 멀어져 있고 거리를 좁히다 보면 아이가 나인지 내가 아이인지 구분이 안 되게 살고 있고, 당최 부모와 자식 간의 적정 거리를 유지하며 사는 일상은 어떤 건지 누가 홀로그램으로 실시간 방영이라도 해줬으면 좋겠다 싶은 순간이 많았다.

그림자 노동이 지겹다고 한탄하면서도 기꺼이 아이의 그림자가 되어 주고는 자식 인생 뒷바라지하다 내 인생 못 살고 있다고 또 푸념한다. 앞뒤 안 맞고 모순에 가득 찬 나와 달리 엄마의 인생과 자식의 삶을 분리해서 지켜 낸 그분의 소신이 부럽다. 불안과 걱정이 많은 소심한 엄마로서는 그런 맷집을 흉내 내기도 버겁다.

엄마의 일상이 아이의 성장과 엉키는 건 신생아 때부터다. 엄마의 손길이 절대적으로 필요한 너무 작은 존재를 보살피다 보면 아이에게 엄마는 없어서는 안 되는 존재가 된다. 아이가 작은 발로 놀이터를 뛰어다닐 만큼 커도, 자기 몸보다 커다란 가방을 메고 학교 갈 나이가 되어도 여전히 엄마를 필요로 하기에 엄마의 모든 감각은 아이에게 집중된다. 이렇게 10여 년을 아이의 호흡에 맞춰 살다 보면 내 삶의 자리가 희미해진다.

엄마가 자기 인생에 새겨 오던 흔적을 애써 지우고 아이에게 맞춰 살다가 서서히 아이의 학업에 집착하게 될 무렵 아이에게는 사춘기가 온다. 사춘기 아이는 부모의 가슴을 헤집어 놓는 독한 말을 서슴지 않는다. '엄마가 이때껏 나한테 해준 게 뭐 있냐', '나는 포기하고 동생이나 잘 키워'와 같은 말을 듣고 울적해하는 엄마들을 종종 본다. 퇴근하고 온 아빠를 두 팔 벌려 반기던 어린아이는 더 이상 없다. 아빠가 아이의 방문을 노크해서 퇴근했노라고 보고해야 간신히 얼굴을 볼 수 있다. 식탁에서도 눈길 한번 안 주고 휴대폰만 보기 일쑤고 잔소리라도 할라치면 한숨 쉬며 일어나 버린다. 부모와 살가운 대화를 나누기는커녕 가슴에 대못이나 안 박으면 다행이다.

사실 아이들은 본능적으로 아는 것 같다. 부모의 지나친 사랑이 자신들의 생존과 성장에 독이 된다는 것을. 이때쯤이 집착으로 변하는 부모의 사랑에서 벗어나야 하는 시기라는 것을. 흡사 선인장 같다. 『싸우는 식물』에는 선인장이 굳이 가시를 세워 햇빛을 교란시키는 이유가 나온다. 사실 선인장은 줄기로 광합성을 할 수 있어 가시는 별 쓸모가 없다. 하지만 그렇게 되면 햇빛을 너무 많이 쏘여 선인장의 온도가 한없이 올라가 생존에 위협을 받는다. 그래서 선인장은 잎보다는 수분 증발을 막을 수 있는 형태의 가시를 세워 햇빛이 자기를 달구지 않도록 교란시킨다. 생존을 위해 꼭 필요한 햇빛이지만 스스로 따사롭다고 느끼는 선을 넘지 않도록 조절하는 것이다. 어쩌면 부모가 애쓰지 않아도 사춘기 아이들은 스스로 부모와의 거리를 조절하며 애정의 온도가 한없이 올라가지 않도록 견제하는지도 모른다.

며칠 전, 먹구름이 낀 날씨에도 우산을 안 가져가겠다는 아이와 아침부터 언성이 높아졌다.

"우산 갖고 가, 비 올지 몰라."

"아냐, 됐어. 짐스러워."

"너 며칠 전에도 비 오는데 우산 없어서 엄마가 학교까지 갖다 줬잖아?"(이미 짜증스러운 목소리다.)

"왜 갑자기 짜증을 내는데?"

"엄마가 우산 갖다 주는 걸 너무 당연하게 여기잖아! 그때 엄마도 수고한 거고, 그러면 고마운 줄 알고 다음부터 엄마가 그런 수고 안 하게 우산 좀 미리 챙겨 가라고!"

"지난번에 엄마가 수고한 거는 고마운데 비 오면 그냥 맞고 오면 돼. 안 가져와도 되니까 아침부터 괜히 짜증 내지 말아 줘."

아이는 쌀쌀맞게 말하고는 문을 쾅 닫고 나간다. 쫓아 나가서 한마디 더 하고 싶지만 무슨 말을 해야 하는지 말문이 막힌다. 기껏해야 엄마한테 불손한 태도로 말한 걸 트집 잡아 혼낼 수밖에 없다. 생각해 보면 아이의 말이 맞다. 몇 번 우산을 갖다 줬는데도 안 챙겨 가면 비 맞게 두면 되는데 내가 걱정되는 마음에 굳이 갖다 주고는 신경질을 부렸다.

대부분의 아이들은 앞에서 언급한 여성학자처럼 원칙과 철학이 분명한 엄마보다는 나같이 안 갖다 줘도 그만인 우산을 대령하고선 뒤늦게 화내는 모순투성이 엄마 밑에서 크지 않을까? 그럼에도 불구하고 또 대부분의 아이들이 잘 크는 것은 아이들 나름대로의 생존 전략이 있기 때문일 것이다. 부모의 사랑이 자기를 너무 달구지 않도록 미운 말만 골라 하면서 말이다.

아이의 말에 이렇다 할 대꾸도 못하고 공연히 분한 마음에 애꿎은 그릇을 퍽퍽 던지면서 설거지를 했다. 바라지도 않는 정성

을 뭐 하러 쏟아붓나, 억울한 마음도 밀려들고 애 키운 공은 없다
더니 옛말 틀린 거 없다고 구시렁거리고 있는데 문자가 왔다.

'아까는 미안해. 엄마가 갑자기 짜증 내니까 나도 화났어. 사랑
해.'

사춘기 아이의 가시 돋친 말은 엄마도 이제 그만 자기 인생 살
라고 독려하는 또 다른 애정 표현인지도 모르겠다.

# 마흔에도
# 불합격은 힘들다

학교에서 돌아온 아이의 어깨가 축 처져 있다. 오늘 방송부원 합격자 발표가 있다고 했는데 안 됐나 보다. 며칠 전부터 방송부원을 모집한다고 들떠서 자료도 검색하고 떨리는 목소리로 면접도 준비하던 아이가 생각났다. 요즘은 모르겠지만 내 학창시절을 돌이켜 보면 방송부는 좀 잘나가는(?) 아이들이 했다. 모범생이면서 글도 잘 쓰고, 성격도 활발해 취재도 적극적으로 하는 그런 아이들. 그래서일까. 아이가 방송부에 도전하겠다고 했을 때 요즘 말로 '인싸' 그룹에 들어가는 건가 내심 궁금하기도 하고 기대도 했다. 그런데 학교에서 돌아온 아이가 시무룩한 목소리로 말했다.

"엄마, 나 방송부 안 됐어. 고등학교 들어가면 공부하느라 바빠 못할 것 같아서 이게 마지막 기회다 생각하고 정말 열심히 준비했는데."

나는 애써 담담한 척 위로했다.

"그래, 너 정말 하고 싶어 하는 거 엄마도 느꼈어. 떨어져서 속상하겠지만 다른 좋은 기회가 있을 거야."

"엄마, 그런데 정말 속상한 게 뭔지 알아? 내 친구 J 알지? 걔는 생각도 없다가 면접날 아침에 갑자기 나도 방송부나 할까? 그러면서 면접을 보더라고……. 그런데 걔가 합격했어."

"……."

"난 너무너무 간절히 원했고 노력도 했어. 그런데 안 됐고, 걔는 아주 원하지도 않았고 별다른 노력도 안 했는데 됐어. 어떻게 그럴 수가 있지?"

원했는데 안 되는 것. 노력했는데 실패하는 것. 인과관계가 맞지 않는 삶의 장면들. 인생을 관통하면서 우린 그런 불가해한 순간을 얼마나 많이 겪었던가. 아니, 나에게도 현재 진행형인 고민이다. 얼마 전에도 공공기관의 전문직 공채 면접에서 떨어지고 망가진 영혼을 수습하느라 며칠 동안 드러누워 있지 않았던가.

그녀는 진주 귀걸이를 하고 있었다. 최종 면접을 앞두고 우린 긴장감 속에 대기실 벽면을 바라보고 있었지만 마음속은 그녀나

나나 서로에 대해 궁금해하고 있었을 것이다. 경력은 얼마나 됐을까? 필기시험은 나보다 잘 봤을까? 미혼일까, 기혼일까? 물 마시러 가면서 힐끗 본 그녀는 쌍꺼풀진 눈을 내리깔고 무표정하게 앉아 있어 아무것도 짐작할 수 없었다.

면접장에 들어서자마자 짧은 자기소개 시간이 주어졌다. 그녀는 최근까지 이어온 관련 경력을 읊었다. 열정도 대단해 보였고 무엇보다 관련 분야의 최근 흐름을 잘 알고 있는 것 같았다. 그녀의 자기소개가 이어질수록 내가 열심히 외워 온 머릿속 문장들이 나오기도 전에 풀이 죽었다. 내 나름대로 젊은 경쟁자들과 차별성을 갖도록 준비한 내용이었지만 어딘지 역부족인 것 같았다.

자기소개가 끝난 뒤 면접관들은 그녀에게는 실무와 관련된 사항을 물었지만 나에게는 경력이 중간중간 왜 비었냐고 질문했다. 서울에서 안정된 직장을 그만두고 내려온 이유도 물었다. 결혼과 출산, 육아 등으로 이어진 이유가 내가 들어도 변명 같았다. 핑계도 아니고 중요하지 않은 일도 아니었는데, 한순간도 쉬지 않고 달려온 그녀 옆에 있자니 쉬엄쉬엄 게으름 피우며 걸어온 사람 같았다. 그녀는 이제 서른 중반이 되었는데 다가오는 봄에 결혼을 한다고 했다. 무표정했던 대기실에서와 달리 과하지 않지만 친근한 태도로 재치 있는 답변까지 소화하는 그녀를 보며 면접관들은 흐뭇한 미소를 지었다.

면접을 끝내고 기운 없이 지내는 내게 주변 사람들은 최종 면접까지 간 게 어디냐며, 그리고 뚜껑 열기 전에는 모를 일이라며 잘될 거라고 위로를 했다. 알고 있다. 공공기관이라 나이, 성별, 출신 학교 등을 묻지 않는 블라인드 채용이었다. 오로지 전문성과 능력만 보기에 일단 나이에서 걸리는 여타 채용 기관과 달리 서류와 인성 검사, 필기시험을 다 통과하고 최종 면접까지 갈 수 있었을 것이다.

한 번도 본 적 없는 인성 검사는 필기시험보다 더 걱정됐다. 내가 취업을 준비하던 시절에는 없던 시험이다. '인성'을 '검사' 한다는 그 단어의 조합 자체가 낯설었다. 모난 성격이 다 드러나서 불합격되는 건 아닐까, 염려스러운 마음에 최대한 사회성 좋은 사람처럼 포장해서 문항을 체크하면 안 되느냐고 여기저기 물어봤는데 거짓말로 하면 다 들통난다는 무시무시한 답변이 돌아왔다. 필기시험보다 인성 검사를 더 걱정하고 있자니, 지인이 그래도 요령은 있다며 이런저런 팁을 알려 줬다. 지인의 도움 덕분인지, 내가 생각처럼 사회성이 부족한 건 아니었는지 다행히 인성 검사는 합격했다. 다음은 필기시험이었다. 시험이 생각보다 어렵지 않아 술술 풀었는데 그건 다른 수험생들도 마찬가지였다.

다행히 최종 면접자에 선정되면서 희망에 부풀었다. 서류를 접수할 때만 해도 요즘 같은 때 이렇게 좋은 자리를 차지할 거라고 크게 기대하지 않았다. 서류, 인성 검사, 필기시험 한 고비 한 고비를 넘기다 보니 점점 고지에 다다르는 느낌이었다. 실망할 게 두려워 어떤 일에 기대를 갖는 걸 조심스러워하는 나였지만 이번에는 예감이 좋았다. 그간 쌓아온 경력에 비추어 봐도 내가 적임자인 것 같았다. 붙기만 하면 애들도 웬만큼 커서 휴직할 일도 없으니 60세까지 쭉 일할 수 있다!

면접을 못 봤으니 안 될 거라고 말하고 다니면서도 사실 마음 한편에서는 기대를 버리지 않았다. 극적인 반전을 꿈꿨다. 제발 '합격'이 '현실'이 되게 해달라고 빌었다. 야구는 잘 모르지만 9회 말 투 아웃에서 끝내기 홈런을 치고 싶은 타자의 절실한 심정이 이런 걸까. 승리의 기쁨에 겨워 환호하는 사람들 속에 나도 제발 껴 보고 싶다고 기도했다. 이번에 또 떨어지면 쓰러져서 못 일어날 거라고, 기회가 또 올지 모르는 젊은 그녀보다는 내가 더 절박하지 않느냐고 신에게 읍소하기까지 했다. 하지만 홈페이지에서 확인한 최종 합격자에는 내 이름이 아니라 그녀 이름이 있었다.

방송부에 불합격했다고 우울해하는 아이에게 무슨 말을 해줘야 할까. 여러 가지 버전을 고민해 봤다. 자연에서 배우는 세상 이치를 말해 줄까?

'겨울이 충분히 춥지 않으면 블루베리는 열매를 맺지 못해. 인생의 겨울을 모르고 큰 사람에겐 어떤 향기도 없단다. 네가 참아 낸 추위가 너를 성장시키고 열매를 맺게 할 거야.'

아니, 방송부원 탈락 갖고 인생의 겨울 운운하면 슬픔을 오히려 더 키울 것 같다. 자기 계발을 독려해야 할까?

'이번 실패를 기회 삼아 네 약점이 뭐였는지 살펴보고 실력을 쌓아 봐. 분명히 네가 놓친 무언가가 있을 거야.'

부조리한 세상을 바꿀 수 없다고 좌절한 개인들이 너도 나도 '내가 부족해서야'라며 자기 계발에 열을 올리고 있는데 이 흐름에 동참하고 싶지 않다. 그럼 겨우 15년 남짓 산 아이한테 '어떤 괴로운 일이 있어도 인생은 살아지더라'라는 중년의 깨달음을 전수해야 할까?

나이 마흔을 넘겨도 불합격은 힘들었다. 선택되지 못한다는 사실은 내 존재 가치를 의심하게 만들었다. 차라리 아이가 통증을 호소하는 부위가 나와 똑같다는 사실을 있는 그대로 알려 주는 게 낫지 않을까?

"맞아, 엄마도 얼마 전에 전문직 공무원 시험 봤는데 불합격해서 힘들었어. 그때 엄마 며칠 드러누웠던 거 기억나지? 불합격은 이 나이에도 참 힘들더라. 그런데 가만히 생각해 보면 내가 '너무 원하는 것'이 '너무 원하는 시점'에 바로 이루어진 적은 많지 않았던 것 같아. 시간이 많이 흘러 뜻하지 않은 순간에 이루어지거나 내가 원하던 형태가 아닌 다른 방식으로 이루어지기도 하고. 그러니까 조금 기다려 보고 또 다른 도전을 해보자. 사실 엄마는 네가 탈락을 두려워하지 않고 방송부에 도전한 것만으로도 대단하다고 생각했어. 진심으로. 너 보니까 용기가 생겨. 엄마도 포기하지 않을 거야."

원하는 것과 이루어지는 것 사이의 괴리를 느껴야 하는 순간들. 어쩌면 어린 시절 뛰어놀던 놀이터에서 이미 시작됐는지도 모른다. '쟤랑 놀고 싶은데 나랑 안 놀아 줘!'라고 말하며 울 때부터. 학교에 입학해 '나도 발표하고 싶은데 안 시켜 줘', '나도 반장이 되고 싶은데 안 뽑아 줘' 수준의 투정을 부릴 때는 부모가 도움을 줄 수 있을지 모르지만 그 뒤에 입시, 취직, 결혼 등 인생의 수많은 변곡점에서 가슴앓이하는 자식을 보며 부모가 할 수 있는 일은 사실 많지 않다. 새까맣게 타는 속을 감추고 의연하게 버티는 것 외에는. 그저 눈빛으로 응원을 보내는 것밖에는. 해결해 주려고 나서다 보면 회사 상사에게 전화해서 '우리 애 좀 괴롭히지 마세요'라고 말하는 부모가 될 수 있다.

불합격한 엄마라서 불합격한 아이에게 대단한 합격 비법을 알려 주지는 못했지만 아이의 마음속 어떤 지점이 아픈지 아직도 잘 이해할 수 있어서 다행이다. 아이의 시간과 나의 시간이 같이 흐르고 있어 내 도전이 한결 의미 있게 느껴진다. 어쭙잖은 위로라도 힘이 된 걸까? 아이가 조금 웃으며 말한다.

"알았어, 엄마. 그렇게 말해 줘서 고마워. 그런데 있잖아, 이제 엄마 진로는 그만 찾고 내 진로에도 좀 관심을 가져 주면 안 될까? 엄마는 마흔 넘어서도 계속 진로 고민을 하는 것 같아."

"그럼, 백 세 시대인데 그건 평생 해야 할 고민이야. 무엇을 하며 어떻게 살 건지."

말해 놓고 다시 되뇌어 본다. 백 세 시대. 아이와 나는 함께 성장할 수 있을까. 어느새 부엌 창문에 내려앉은 석양빛에 아이와 나의 그림자가 길게 눕고 있다.

# 훈계는 아이를
# 위한다는 핑계를 입고

오늘도 시작이다. 큰아이는 이불을 뒤집어쓴 채 5분만
더 잔다고 능장을 부리더니 일어나서도 슬로 모션으로 욕실에 간
다. 나만 혼자 애가 달아 발을 구르며 욕실 앞을 서성인다.

"○○야, 아직 멀었어? 벌써 7시 반이야!"

"어, 준비하고 있어."

며칠 전 담임 선생님에게 문자를 받고 영 기분이 좋지 않았다.
지각에 대해 비교적 관대했던 학교에서 2학기부터 지각을 엄중
단속한다고 가정통신문이 온 지 얼마 지난 후였다.

'어머니, ○○이가 ○번 연속으로 지각을 했습니다. 학교에서
지각에 대한 단속을 강화해 앞으로 ○번 이상 더 지각하게 되면
반성문을 쓰고 그래도 개선이 안 될 경우 어머니가 학교에 오셔
야 하오니 아이가 지각하지 않도록 협조해 주시면 감사하겠습

니다.'

정중하지만 아이의 지각을 방치했다고 나무라는 내용으로 느껴져 얼굴이 화끈거렸다. 평소에 나는 '아이 인생은 아이 인생, 내 인생은 내 인생'을 부르짖고 그걸 신조로 삼으려 했다. 오죽하면 아이가 '엄마는 엄마 일에만 집중하고 내 공부에는 무관심한 것 같아. 내 공부는 정신 바짝 차리고 알아서 해야겠어'라고 말하겠는가.

하지만 교칙을 어기면 큰일 나는 줄 아는, 제법 모범생으로 자란 탓인지 선생님한테 지적을 받으면 그게 아이 일이든 내 일이든 조바심이 나고 창피하다는 생각이 앞선다. 선생님의 이런 문자에도 태연하게 '이건 아이 인생인데 뭐'라는 마음은 들지 않는다. 오히려 방목과 방치 사이를 아슬아슬하게 오가는 나의 교육 태도를 되짚어 보며 자책할 거리를 찾는다. 글 쓴다, 수업한다며 바쁘게 오가는 일상에 몰두하느라 엄마로서 직무유기를 했고 그 결과 학교 선생님한테 아이랑 세트로 지적을 받는 느낌이 드는 것이다. 선생님한테 아이보다 먼저 반성문 비슷한 장문의 문자를 보내 놓고 다음 날부터 아이를 재촉해서 빨리 등교시키려 했지만 지각을 해도 별다른 제재를 받지 않아서 편하게 다니던 습관이 하루아침에 개선되지 않았다.

"5분만 일찍 준비하면 되는데 그게 그렇게 어렵니?"

"나도 서둘렀다고."

"뭘 서둘러? 너 옷 입으면서 휴대폰 보는 거 엄마가 다 봤어."

"휴대폰 보면서도 옷 빨리 입었어."

"그게 어떻게 돼? 휴대폰 보면 빨리 입게 되질 않지!"

아침마다 똑같이 반복되는 입씨름. 누가 보면 영화《덤 앤 더 머》주인공들 같았을 거다. 이렇듯 등교 분위기는 험악했고 아이의 뒤통수에 소리 지르고 학교를 보내고 나면 내 마음도 편치 않았다. 많이도 아니고 항상 5분 차이로 하는 지각. 선생님한테 문자가 온 순간부터 지각에 극도로 예민해진 엄마 마음을 아는지 모르는지 아이는 느긋했다.

방법이 없을까? 생각다 못해 수영을 핑계로 일찍 나가겠다고 아이에게 선언했다. 거리가 좀 있는 학교라 그간 아침마다 아이를 데려다 줬는데 내 수영 강습 시간에 맞춰서 같이 출발하지 못할 거면 버스를 타고 가라고 했다. 버스는 자주 있는 편이 아니어서 한 번 놓치면 5분이 아니라 왕창 지각을 할 터였지만 지각에 느긋한 아이에게 긴장감을 주기 위한 조치였다. 사소한 변화였지만 마음 한편으로는 아이를 학교 앞까지 데려다주는 일상에 익숙해서인지 아이를 두고 나가는 게 선뜻 내키지 않았다.

내가 없으면 마음 편하게 더 지각을 하지 않을까? 버스를 놓치고 크게 지각을 할 게 무서워 오히려 등교 의욕이 꺾이지 않을까? 신경이 쓰였지만 발을 동동 구르며 욕실 앞에서 소리 지르는 일상을 반복하고 싶지 않았다. 나는 아이가 어떻게 하든 상관하지 않고 시간이 되면 먼저 나가 버렸다.

바쁜 아침에 버스보다는 엄마 차를 타고 가는 게 낫다고 생각했는지 아이는 조금씩 태도가 바뀌기 시작했다. 내가 나가려고 하면 미안해하며 잠깐만 기다려 줄 수 없느냐고 물었다. 아이의 노력이 가상해 보여 한번은 아이를 기다려 주느라 진짜로 수영 강습에 지각을 했다.

"오늘 너 데려다주느라 지각해서 강습을 못했어. 늦게라도 들어갈까 했는데 가봤자 금방 끝날 시간이 될 것 같더라."

차분히 말하자 아이는 진심으로 미안한 얼굴로 "엄마 수영에 늦지 않게 내가 일찍 준비할게"라고 몇 번을 말했다. 아이는 자신의 지각보다는 내 지각이 신경 쓰여 조금씩 서두르기 시작했고, 어느새 아이가 먼저 준비하고 나를 기다리기도 했다. 평화로운 아침에 감사한 마음이 들 무렵 아이가 말했다.

"엄마, 원래 엄마 수영 시간에 지각할까 봐 그동안 서둘렀는데, 학교 일찍 가니까 기분이 좋더라. 지각을 안 하니까 마음도 편하고. 그래서 앞으로는 일찍 가려고."

규율을 지켜서 아이 스스로 성취감도 느끼고 긍정적인 피드백을 경험하게 한 것에 마음속으로 쾌재를 불렀다. 그런대로 현명한 부모 노릇을 한 것 같아 뿌듯한 한편으로 자신에게 좋은 보상이 주어지는 데는 소홀하고 타인을 도울 생각이 들어야 부지런해지는 아이를 어떻게 키워야 할까 조금 답답한 생각도 들었다. 스스로 깨달음을 얻은 아이에게 칭찬만 해주었으면 좋으련만, 나도 모르게 기어코 한마디 훈계를 했다.

"그렇지? 지금이라도 그런 생각이 들었다니 참 다행인데 왜 좀 진즉에 그렇게 못했어? 학교에서 지각 단속하겠다고 공지하면 그때부터는 그래도 바짝 긴장하고 일찍 나섰어야지."

딴에는 기분 좋게 엄마에게 말을 걸었는데 또 잔소리로 되돌아오는 게 못마땅했는지 아이는 별말 없이 방으로 들어가 버렸다. 아차 싶었지만 아이만 보면 뭔가 가르쳐 주고 싶고, 고쳐 주고 싶은 머릿속 회로가 좀처럼 바뀌지 않는다. 훈계는 언제나 아이를 위한다는 핑계를 입고 있었고 그 전제는 아이는 부족한 존재라서 내가 가르쳐야 한다는 것이었다.

그게 착각이라고 매 순간 깨달으면서도 왜 그리 돌아서면 잊어버릴까. 규율과 규범에 순응적인 아이가 반드시 행복한 인생을 사는 건 아닌 줄 알면서도 일단 내가 편하고, 내가 엄마로서 인정

받기 위해서 자꾸 아이를 타인의 시선으로 재단하고 있는 건 아닐까. 사실 학교에서 제재를 가하기 전까지는 아이가 5분, 10분 지각하는 것에 별다른 문제의식을 느끼지 않았다. 그러다 선생님한테서 문자가 오고서야 허둥지둥 서둘렀다. 아이에게 학교에 일찍 가는 즐거움을 가르치려는 교육적 목적보다는 선생님한테 지적받은 게 부끄럽고 무안해서 아이를 닦달했던 것뿐이다.

그저 남들 눈에 어떻게 보이느냐에 급급해서 서둘렀던 엄마에 비해 차라리 이타심으로 자기의 습관을 개선한 아이가 한 수 위라는 생각이 든다. 어떻게든 정해진 틀에 모나지 않게 끼어들어 가기만을 바라는 엄마의 좁은 시야로는 아이의 너른 마음을 다 품어 주지 못한다. 아이 인생은 아이 인생이고 내 인생은 내 인생이라고 꽤나 앞서가는 엄마인 척했지만 정작 위기의 순간에 아이로 인해 내가 누군가에게 비난받거나 부족한 사람 취급되는 데만 마음 쓴 것은 아니었는지, 굳게 닫힌 아이의 방문을 바라보며 생각해 본다.

# 아이의 휴머니즘

처음에는 만족스러웠다. 전에 살던 곳보다 아이들이 순박하고 그다지 경쟁적인 분위기도 아니어서 다행이라고 생각했다. 예전 동네는 비슷한 직업군의 사람들이 모여 살아 소득 수준이나 삶의 여건이 크게 다르지 않았다. 그게 장점이라고 생각했다. 하지만 시간이 흐르면서 엇비슷하게 살며 곁눈질하고 경쟁하는 분위기가 힘들게 느껴졌다. 동네 아이들도 그런 분위기에서 자유롭지 않았다.

이사 오기 직전에 있었던 일이다. 큰아이 학년에 어떤 아이가 학교에 안 나오기 시작했다. 네다섯 명의 여자아이들이 어울려서 친하게 지내다 무리 중 한 아이가 따돌림을 당했는데 그 정도가 차츰 심해져 아이가 정신과 치료를 받았다고 한다. 얼마나 힘들면 그랬을까. 아이도 걱정이고 그 부모 속은 또 어떨. 남의 일

같지가 않았다. 아이들은 자라면서 또래 집단이 중요하다. 특히 사춘기 때는 친구가 세상의 전부다. 그런 친구들에게 별다른 이유 없이 갑자기 배척당하는 일상은 지옥이었을 것이다.

꽤 많은 시간이 흐른 후 그 아이가 다시 학교에 나오기 시작했다는 소식을 들었다. 몇몇 엄마들이 모인 자리에서 그 이야기를 건네 들으며 안도했다. 그런데 이어지는 말이 뜻밖이었다.

"우리 애한테 걔 근처에도 가지 말라고 했어요. 그 엄마가 학교 찾아가고 난리 친 거 알죠? 사실 걔가 무슨 폭력을 당한 것도 아니고 심각한 사건이 있었던 것도 아니었잖아요."

"네……. 그런데 왜 걔랑 놀지 말라고 하신 거예요? 왜요?"

"그 엄마 보니까 까딱 잘못 엮이면 힘들 것 같더라고요. 자기 애에 대해서 너무 과민해요. 심각하게 피해를 입은 것도 아닌데 친구 사이에 좀 속상하고 힘든 문제를 다 걸고넘어지면 어떡해요? 별 잘못도 안 했는데 가해자로 몰려 학폭위까지 간다고 생각하면 아찔하잖아요."

지나가는 사람도 없는데 목소리까지 낮춰 가며 속삭이듯 말했다. 속마음은 어떤지 몰라도 반박하지 않고 고개를 끄덕이며 듣는 다른 엄마들을 보고 있자니 혼자 이방인이 된 느낌이었다. 자식 문제에 관한 한 아주 예민한 촉수가 작동해 약간의 위험이라도 감지되면 바로 경고창이 뜨면서 자식을 안전한 울타리 안으로 이동시키는 부모들. 학교 폭력에서 가해자가 피해자로, 피해자가 가해자로 둔갑하는 사례도 있기에 그 걱정이 일면 이해도 되지만 이제 겨우 마음을 추스르고 다시 등교한 아이가 또다시 혼자 지낼 광경을 떠올리니 내가 다 멀미가 났다.

물리적인 폭력이 아니더라도 눈빛, 말투, 은근한 조롱과 경멸로 한 사람의 영혼을 말려 죽일 수 있다. 직장에서 따돌림을 당하다 우울증이 심해져 극단적인 선택을 하는 이들의 경우만 봐도 그렇다. 동료들에게 몰매를 맞아서 그런 선택을 하는 게 아니다. 성인도 버티기 힘든 상황을, 그렇지 않아도 예민한 사춘기 아이가 얼마나 견디기 힘들었을지 헤아려 보는 배려는 쏙 빼놓은 채 자기 아이 지키는 데만 급급한 부모들. 모두가 그런 건 아니지만 그런 분위기가 팽배한 동네에서 언제부턴가 숨을 쉬기가 힘들었다.


이사한 곳은 신도시라 다양한 사람들이 섞여 있었다. 직장도, 고향도, 사는 방식도 제각각이었다. 신선했다. 매일 치즈김밥, 채소김밥, 참치김밥 등 아무리 바꿔 봐야 김밥인 식사를 하다가 갑자기 쫄면과 떡볶이, 오므라이스까지 다양한 메뉴를 맛보는 느낌이라고 할까. 아이들에게도 긍정적인 영향을 미칠 거라고 생각했고 얼마간은 그 믿음이 흔들리지 않았다. 그러다 균열이 간 것은 작은아이가 친하다는 친구를 집에 초대하면서부터다.

잘 웃고 활발한 아이였다. 우리 집에 오면 둘이 뭘 하는지 방에서 나오지도 않고 재미있게 놀았다. 전학 왔는데 금방 새 친구가 생겨 마음이 놓였다. 하루는 우리 집에서 저녁을 먹게 됐다. 평소보다 반찬도 신경 써서 준비하고 아이들이 먹고 싶다던 카레라이스도 만들었다.

"잘 먹겠습니다!"

인사하는 아이들을 흐뭇하게 바라보며 마주 앉아 같이 한 술 뜨기 시작했다. 놀라운 일은 그때부터였다. 서너 살 아이도 아니고 초등학교 고학년인 아이가 식탁에 음식을 다 흘리면서, 입에 카레를 범벅으로 묻힌 채 먹었다. 입에 묻은 카레가 식탁으로 뚝뚝 떨어졌다.

특별히 어디가 불편하거나 학교에서 학습을 못 따라가는 아이도 아니었다. 비위가 상할 지경이었다. 내가 만든 카레가 이상한가, 반찬이 집기가 힘든가 다시 쳐다봤지만 그 옆에서 얌전히 앉아 먹는 작은아이가 아무것도 흘리지 않는 걸 보니 내 요리 탓은 아닌 듯했다. 작은아이는 친구를 보며 해맑게 웃었다.

"야, 너 입에 다 묻었어."

"그래?"

아이 친구는 아무렇지 않은 듯 카레를 닦을 생각도 않고 계속 먹기만 했다. 내 머릿속은 뭔가 복잡해지는데 아이들은 식사를 마치고 또 까르르 웃으며 방으로 들어가 놀기 시작했다. 바닥에 떨어진 음식물을 치우고 식탁 밑을 구석구석 닦고 한바탕 수선을 피운 후에 한숨을 쉬니 큰아이가 묻는다.

"엄마, 왜?"

"아니…… 좀 놀라서…… 어떻게 이렇게 다 흘리면서 먹을 수 있지? 유아도 아니고 곧 있으면 중학생인데."

큰아이는 잠시 가만있더니 "그럴 수도 있지"라며 무심히 말했다. 그런가. 대단히 깔끔한 성격도 아니면서 유난을 떠는 건가. 하지만 한번 물꼬를 튼 심란한 생각은 꼬리에 꼬리를 물고 이어졌다. 답답한 마음에 내가 과민한 건지 친한 동생에게 물어봤다.

"아, 언니 좀 당황스럽긴 했겠어요. 그런데 뭐 큰 피해를 주는 행동은 아니잖아요? 다만 가정에서 충분히 교육을 못 받은 거겠죠."

"가정에서?"

"그렇죠. 언니 생각해 보세요. 우리 아들 지금 다섯 살인데 나갔다 오면 손 씻어라, 백 번쯤 얘기하고 식탁에 앉아서 먹어라, 천 번쯤 얘기해요. 음식 흘리지 말고 먹어라, 젓가락은 이렇게 쥐어라, 이건 된다, 저건 안 된다, 가만히 생각해 보면 사소한 것들 부모가 백 번, 천 번쯤 가르쳐서 습득하는 거잖아요. 그런데 어떤 이유로 이런 교육이 제대로 이루어지지 않으면 아이 생활 태도에 구멍이 생길 수 있는 거죠."

아이 친구의 집안 형편 같은 자세한 사정은 모른다. 어쨌거나 나는 경제적 차이를 이유로 아이 친구들을 차별하는 속물 엄마는 아니지 않은가. 하지만 기본적인 가정교육도 받지 못했을지 모른다는 의심이 들자 호의적이었던 시선을 거두고 내 아이 친구로 적합한지 따지기 시작했다. 작은아이한테 티를 내지는 못했지만 집에 올 때마다 그 아이를 스캔하며 혹시 어떤 이상 징후가 있는지 살폈다. 예민해진 내 레이더에 딱 걸리는 말이 있었다. 아이들이 근처 공원에 놀러 가자는 이야기가 나왔는데 그 아이가 자기는 아직까지 미취학 입장 요금을 낸다는 것이다. 작은아이가 물었다.
"그럼 일곱 살이라고 속인단 말이야?"
"어."
"왜?"
"왜긴, 그게 요금이 싸잖아."
아무리 어려 보여도 그렇게 속인다는 게 놀라웠다(아니, 사실 난 놀랄 준비를 하고 있었는지 모른다). 아이들이 우르르 밖으로 몰려 나간

다음 어떻게 그걸 속이는지 이해가 안 간다고 구시렁대는 나에게 큰아이가 묻는다.

"엄마, 그거 갖고 왜 그리 흥분해?"

"이해가 안 가. 거기 공원 요금이 얼마나 한다고 그걸 속이니? 내일모레면 중학생인 애가 미취학이라고. 대체 집에서 어떻게 가르치기에. 이래서 가정교육이 중요한가 봐."

이번에는 아이가 가볍게 한숨을 쉰다.

"왜? 내 말이 틀렸니?"

"예전에 에버랜드 갔을 때마다 엄마 나 초등학생이라고 했잖아. 그거랑 뭐가 다른데?"

"아, 아, 그거? 그건 다르지. 에버랜드는 요금이 좀 비싸니? 여기 동네 공원은 세상에 그거 몇 푼이나 한다고 속이니?"

"누군가에게는 에버랜드 요금도 얼마 안 할 거야. 그런 사람들이 지금 엄마처럼 우리를 보고 이해가 안 간다고 말하면 어떤 기분이 들 것 같아?"

"……"

"엄마가 공중도덕이나 규범을 지키지 않아서 화를 내는 걸로는 안 보여. 그 애랑 우리 집 애랑 친한 게 불쾌한 사람 같아. 우리 집은 과연 어느 누구에게도 궁상맞게 보이지 않을까? 만약 내 친구 엄마가 지금 엄마처럼 우리 집을, 나를 무시하면 어떨 것 같아?"

말문이 막혔다. 어릴 때 부잣집 친구 집에 갔을 때 '아버지는 뭐 하시니?'라고 물으며 아래위를 훑어보던 친구 엄마가 떠올랐다. 60평이 넘는 집을 처음 봤다. 넓은 거실, 가죽 소파, 분홍색 커튼이 드리워진 친구 방을 보고 주눅이 들었다. 탐탁지 않아 하는 그 엄마 눈빛에 어린 마음에도 무릎이 해진 코르덴 바지가 갑자기 부끄러웠다. 어린 영혼에 생채기를 낸 친구 엄마를 떠올리면서 그런 사람은 되지 않겠다고 다짐한 내가 아니었던가.

"입에 묻히면서 먹는 걸 말할 때도 그랬어. 엄마는 식탁 예절을 못 배운 그 애를 걱정한다기보다 경멸하는 말투였어. 누가 더럽다고 해서 함부로 무시하면 안 된다고 엄마가 그랬으면서."

『내 짝꿍 최영대』를 읽어 줬을 때를 말하나 보다. 나는 목이 메어 끝까지 읽지도 못하고 울먹이며 아이들에게 영대 같은 친구를 더럽다고 따돌리면 안 된다고 말했다. 그런데 지금은 아이 친구를 두고 대체 무슨 말을 하고 있지? 낭떠러지로 떨어지듯 아득해진다. 그 낭떠러지엔 냄새나는 옷 때문에 괄시받아 울고 있는 영대도 있고 해진 코르덴 바지를 입고 다친 마음으로 터덜터덜 집으로 돌아오던 나도 있다. 그 자리에 내 아이 친구들까지 들일 참인가.

아이는 또 무심히 방으로 들어갔지만 나는 식탁 앞에서 한참을 서 있었다. 내가 비판해 오던 이기적이고 속물근성에 젖은 부모들과 다를 게 없었다. 혼자 고매한 척했지만 멋대로 누군가의 머리 위에 올라 혐오하며 우월감을 느끼는 사람들과 도긴개긴이었다. 사소한 한두 가지 일로 알지도 못하는 누군가의 가정교육을 흉보며 나는 가정교육을 제대로 했노라 은근한 우월감을 느꼈던 건 절대 아니라고, 한 치의 거짓도 없이 고백할 수 있을까.

밖에서 난 포장된 모습인지 모른다. 입바른 소리를 하며 고뇌하는 작가 행세를 한다. 하지만 나의 아이들은 가장 가까이에서 여과 없이 내 밑바닥까지 다 보는 관찰자다. 아직 순수하고 따뜻한 영혼을 간직한 관찰자로서 내 일거수일투족을 본다.

언젠가 김승섭 교수의 『아픔이 길이 되려면』을 읽으며 '아무리 우아한 이론을 갖다 붙여도 혐오는 혐오이고 어떤 낙인을 갖다 붙여도 사랑은 사랑입니다. ……혐오로 스스로의 존재를 확인하는 저들보다 여러분은 더 나은 사람입니다.'라는 문장에 밑줄을 좍좍 그었었다. 사회적 소수자에 대한 혐오를 경계해야 한다고 되뇌면서 말이다. 내가 '더 나은 사람'이 아니라 '저들'에 가까이 있었다는 부끄러운 사실을 아이를 통해 깨닫는다.

# 엄마도
## '엄마'가 불편하지만

엄마들 수업에서 노키즈존에 대한 글을 쓰고 발표하는 시간이 있었다. 노키즈존을 두고 각자의 의견과 경험담, 서러웠던 기억 등을 들춰내며 갑론을박 토론을 벌였다. 그때 한 엄마가 "엄마도 엄마가 불편해요"라고 말했다. 듣고 보니 그렇다. 아이의 돌발 행동은 주변 사람들을 당황스럽게 하지만 사실 뜻대로 통제되지 않는 아이를 데리고 다니는 엄마가 가장 힘들고 불편하다. 아이는 사람 많은 길바닥에 누워서 온 거리가 떠나갈 듯 울어 대고, 지나가는 사람들은 눈살을 찌푸리고 수군댄다. 그런 상황에서 엄마는 "저 그렇게 지각없는 사람 아닙니다! 학교 다닐 때 공부도 잘했고 직장 생활도 똑 부러지게 했는데요, 아이만큼은 제 뜻대로 안 돼요. 키워 본 분들은 아시죠?"라고 변명이라도 하고 싶다. 그러나 아이의 울음이 길어지면 그런 의욕도 사라지고 그저 어디론가 도망가고 싶은 마음만 든다. 길바닥에 누운 아이 옆에 '엄마는 부재중'이라는 입간판이라도 세워 놓고 잠시 없어지고 싶다.

부재중이 용납되지 않는 엄마의 삶은 그 자체가 커다란 불편함인지 모른다. 아기를 두고 엄마가 화장실도 마음대로 갈 수 없는 물리적인 구속에 국한되는 이야기가 아니다. 아이가 웬만큼 커도 '엄마'라는 심리적 압박에서 완벽하게 자유롭긴 힘들다. 하다못해 학교 준비물을 빠뜨린 아이가 발을 동동 구르며 전화하는 사람도 엄마고, 학교에서 아이가 말썽을 부린다면 담임 선생님이 (특별한 경우가 아니라면) 아빠가 아니라 엄마에게 연락하지 않는가.

사회적인 역할에 이어 엄마인 내게 가장 크게 다가온 부담은 아이에게 매 순간 정서적인 지지자가 되어 주어야 한다는 사실이었다. 육아서에서는 엄마라면 아이가 마음 놓고 뿌리를 내릴 수 있는 굳건한 대지가 되어야 한다고 강조한다. 세상 누가 뭐라고 해도 아직은 연약한 존재인 아이를 흔들림 없이 품어서 아이가 꽃을 피우고 열매를 맺도록 든든한 지원군이 되어야 한다고 말이다. 나는 부모님에게 편안하게 뿌리내린 기억이 없는데 갑자기 '엄마인 너는 아이에게 탄탄한 토양이 되어야 한다'라고 하니 어리둥절하다. 받아 본 기억 없는 따스한 사랑의 햇살을 얼른 아이에게 내리쬐어야 할 것 같아 초조하기도 하다.

내가 '나의 엄마'에게 느끼는 감정은 연민에 가깝다. 나에겐 그 시절 흔히 그렇듯 가부장적인 아버지, 그러나 그 시절 흔치 않게 대학까지 나오고 교사였던 어머니가 있었다. 갈등은 끊이지 않았고 부모님의 언성이 높아질까 봐 조마조마한 나날은 계속됐다. 아버지의 고집을 못 꺾고 학교를 그만둔 엄마는 인생의 회한을 자식들에게 화내는 걸로 푸셨다. 영문을 모른 채 시시때때로 혼나면서도 엄마를 미워하기보다는 내가 잘못한 탓이라고 여겼다. 세월이 흘러 엄마가 느꼈을 상실감을 이제는 많이 이해하게 됐고 같은 여자로서 연민도 느끼지만 그런다고 상처가 아무는 건 아니었다.

지금도 누군가의 에세이를 읽다가 '한순간도, 누구와도 비교하지 않고 오직 사랑으로 날 키워 주신 우리 엄마', '내가 태어난 그때부터 지금까지 변함없는 응원과 사랑을 주신 어머니' 같은 문장을 보면 책을 덮어 버리곤 한다. 나는 그런 문장을 빈말로라도 쓸 수 없다. 그 사실에 가끔 화가 나고, 얼굴도 모르는 작가들에게 질투심도 느낀다.

엄마를 향한 가슴속 멍울이 풀리지 않은 내가 아이에게 절대적인 지지를 보내는 건 마른행주를 쥐어짜는 격이었다. 책에서 배운 대로 열심히 '사랑의 대사'를 읊었지만 아이들은 진담인지 농담인지 가끔 "엄마, 꼭 책 읽는 것 같아"라고 말했다. 안정된 가정 환경에서 건강한 사랑을 받고 자란 이들이 이상적인 부모가 되고, 교육 방식도 대물림된다는 말이 무서웠다. 그것은 '당신은 좋은 부모가 되기엔 애당초 틀렸어'라는 말로 들렸다. 그 사슬을 끊고자 무던히 애썼고 좋은 엄마 흉내라도 내보려고 몸부림쳤다.

나의 아이들에게 '좋은 엄마 프로젝트'가 성공적으로 실행되려면 역설적으로 나의 엄마와는 거리를 두어야 했다. 엄마를 볼 때마다 예전 기억이 떠올라 거북한데 오래전 양육 방식에 대해 별다른 반성이 없는 엄마 모습을 보면 잠재된 분노까지 건드려졌다. 이 분노를 다스리려고 모래놀이 상담도 받아 보고 심리학 책 독파에도 열을 올렸다. 도움이 안 된 것은 아니지만 오랜 세월 축적된 응어리가 몇 번의 상담이나 책 몇 권으로 쉽게 풀리지는 않았다.

방법은 되도록 엄마를 내 인생에서 '차단'하는 것이었다. 자식으로서 기본적인 도리는 하지만 엄마랑 자주 연락하지 않고 대화도 길게 하지 않았다. 내가 그러는 걸 아이들이 지켜보고 있다는 사실은 크게 의식하지 못했다. 어쩌다 아이들이 지나가듯 물어보면 "엄마가 사춘기 때 외할머니랑 사이가 안 좋아져서 지금까지 그래"라고 얼버무리곤 했다. 그날도 엄마에게 온 전화를 서둘러 끊기 바빴다.


"아, 알았어요. 바빠, 끊어요."

옆에서 듣던 큰아이가 물었다.

"외할머니야?"

"어."

"외할머니한테 왜 그렇게 쌀쌀맞아?"

"뭐가?"

"아직도 30년 전 일 때문에 화가 나 있는 거야?"

"내가 뭘…….."

"엄마 어릴 때 일은 내가 잘은 모르지만 어쨌든 외할머니한테 감정이 안 좋다는 건 아는데…… 그래도 외할머니한테 좀 친절하게 했으면 좋겠어."

"이 정도면 친절한 거지."

어째 엄마랑 아이의 역할이 바뀐 듯해 오히려 더 심통 난 사람처럼 말했다. 잠시 가만히 있던 아이가 말문을 연다.

"엄마, 예전에 쿠키 죽었을 때 생각나?"

쿠키는 아이가 키우던 햄스터다.

"그때 말이야, 쿠키를 잘 못 챙겨 줬던 게 생각나서 너무 괴로웠어. 정말 잘 해주고 싶은데 쿠키는 이 세상 어디에도 없더라. 미국에 가도 싱가포르에 가도 산에 가도 바다에 가도 쿠키는 없어. 아무리 잘 해주고 싶어도 아무것도 해줄 수가 없어. 아무리 아무리 원해도 챙겨 줄 수가 없어. 세상 어디에도 없으니까.”

“…….”

“잠깐 키운 동물도 그런데 하물며 ‘엄마’라는 존재는 어떨 것 같아? 외할머니는 오래 사셔야 하고 오래 사실 거지만 그래도 이제 적은 연세는 아니잖아. 언젠가는 외할머니랑 헤어져야 할 때가 올지 몰라. 나는 만약 엄마 없으면 어떻게 살까 싶은데…… 엄마는 외할머니를 세상 어디에서도 만나지 못하는 날이 오면 어떨 것 같아?”

아이에게서 시선을 돌렸다. 눈물이 날 것 같은 모습을 들키고 싶지 않았다.

“난 말이야, 엄마가 그때 가서 잘 해드릴 걸 하고 후회하고 힘들어할 게 너무 보여. 그래서 가슴이 아파.”


첫째에게 엄마는 영원한 초보 엄마다. 모든 순간이 처음이니까 늘 서투르고 부족하다. 나도 좋은 엄마 흉내를 내려고 퍽 애썼지만 첫째에게 편안한 엄마가 되어 준 시간은 15년 통틀어 봐야 며칠 안 될 것이다. 일이 많아 쫓기듯이 바쁜 엄마였다. 일이 없을 때는 우울한 엄마였다. 아이가 마음 편히 뿌리내리기 힘들었다. 때론 바람에 날리는 모래처럼 가벼웠고 때론 암석처럼 메마르고 딱딱했다. 기름진 땅 같은 엄마가 되고자 버둥거렸지만 쉽지 않았고 어쩔 때는 이상적인 엄마가 되어야 한다는 부담감에 오히려 압도당해 엄마 주변에서 애처롭게 맴도는 아이에게 이리 오라고 따뜻한 말 한마디 건네는 데 인색했다. 아이는 많이 외롭고 힘들었을 것이다.

레고로 만든 작은 집을 보여 주며 엄마가 웃어 주길 기다렸던 아이. 그 아이가 어느새 훌쩍 커서 엄마를 걱정해 주고 있었다. 영화《맘마미아》에서 메릴 스트리프가 딸을 애잔하게 바라보며 〈Slipping through my fingers〉를 부르는 장면이 떠올랐다.

눈 비비며 아침 식탁에 마주 앉아
그 소중한 시간 그냥 보냈지.
그 애가 간 뒤에 미안한 맘에 사로잡혀
죄책감마저 느꼈어.
(중략)


잡아 보려 해도 언제나 내 곁에서 멀어져 갔어.
노력할수록 내 손에서 빠져나갔어.

나는 정말 그 앨 잘 알고 가깝다고 생각했지만

자꾸 볼수록 내 곁에서 멀어져 갔어.


시간을 멈추게 할 수는 없을까.

그 행복했던 모습으로 돌아갈 수는 없나.


언제 이렇게 컸니. 아이는 금세 자란다는 걸 실감했다. 눈물이 흐르는 걸 숨기려고 방문을 닫고 가만히 침대에 걸터앉았다.

전문 상담사의 상담으로도, 저명한 심리학자들의 책으로도 가라앉히기 힘들었던 성난 마음. 유년 시절 받은 상처에 대한 분노가 큰아이의 진심 어린 한마디에 많이 가라앉는 걸 느꼈다. 아이가 이토록 간절히 원하는데 내가 좀 더 성숙한 엄마가 되어야겠다는 다짐도 하게 됐다. 엄마에게 다시 전화를 걸어 지난번 보내 준 반찬 잘 먹었다는 인사를 깜빡했다고 말씀드리니 무척 좋아하시는 눈치다.


가끔 엄마도 엄마 노릇을 훌훌 벗어던지고 싶을 때가 있다. 받아 본 적 없는 완벽한 사랑을 아이에게 주려고 발버둥 치다 제풀에 지쳐 나가떨어지기도 한다. 하지만 이제 조금 알 것 같다. 혹여 내가 딱딱하고 메마른 돌덩이 엄마일지라도 아이와 주고받는 사랑이 풍화 작용을 일으켜 조금씩 부드럽고 기름진 땅으로 바뀌어 간다는 사실을. 처음부터 완벽한 엄마가 되려는 내 욕심이 오히려 나를 불편하게 했음을. 아이를 낳는 순간 바로 엄마가 되는 게 아니라 아이와 시간을 보내면서 차츰 엄마가 되어 가는 것이었다.

고마워, 우리 딸. 엄마 노릇이 불편하다고 느낄 때마다 오늘 이 장면을 떠올려야겠다. 유년의 기억에서 벗어나지 못한 채 어른아이에 머물러 있는 엄마를 이토록 어른스럽게 위로해 준 너와의 이 장면을.

처음 상담 공부를 시작하게 된 계기는 대학교 평생교육원에 개설된 민간 자격증 과정을 들으면서였어요. 이후 사이버대학 3학년에 편입을 했어요. 사이버대학에서 공부하면서도 각종 민간기관의 자격증 과정, 다양한 학회의 심리 세미나를 쫓아다니며 공부했어요. 육아와 살림을 병행하기가 만만치 않았지만 공부가 너무 재미있어서 먼 거리를 마다하지 않고 다녔죠.

사이버대학을 졸업할 무렵 인근에 있는 대안학교에서 상담 선생님을 구한다고 해서 지원을 했어요. 사실 학교는 상담 교사로서 경력이 별로 없는 제가 들어가긴 어려운 자리인데 운이 좋았는지 용케 들어갔어요. 물론 엄청난 면접시험을 거쳤죠. 선생님들 여섯 명이 거의 두 시간 가까이 심층 면접을 했어요. 다양한 사례를 가지고 와서 어떻게 상담할 거냐고 묻는데 진땀이 났지만 최선을 다해 대답했어요. 여기저기 쫓아다니며 공부한 덕을 그때 본 것 같아요. 경험해 보진 않았지만 만족스러운 답변을 할 수 있었거든요.

대학원 진학을 했고 스스로 학비를 벌면서 계속 공부를 이어 갔어요. 그 후 건강가정 지원센터 가족상담 활동가, 보육원의 임상심리상담원으로 검사와 치료도 하게 됐고요. 상담센터를 열게 된 건 시간 여유가 필요하기도 했고, 제가 원하는 상담을 하고 싶다는 욕구도 생겼기 때문이에요. 상담 공부를 하면서 보통의 사람들도 자기 마음을 알고 건강한 정신을 갖기 위해 공부할 필요가 있다는 생각이 들었어요. 그래서 상담센터를 개소

하면서부터 어른들의 집단 상담 프로그램을 꾸준히 진행하고 있습니다.

상담사를 희망하는 분에게 조언을 하자면 경제적인 목적만 갖고 접근하면 힘들 거라는 점이에요. 투자 대비 실질적인 수익을 얻기 어려울 수도 있고 전문적인 상담사로 인정받기 위해서 실력은 기본이고 어느 정도의 간판도 필요하거든요. 석사 학위는 물론이고요. 이렇게 많은 공부가 필요한 데 반해 실제 수익을 얻는 상담사 자리는 많지 않고 생각보다 대우도 박한 편이에요. 그러니 정말 사명감을 갖고 봉사하는 마음으로 시작할 수 있는 분이어야 해요.

5장

오늘,

흘러넘치는 엄마의 시간

이상한 노릇이다. 천연 살충제를 써가며 해충을 박멸한 지 얼마나 됐다고 제라늄 이파리 몇 개가 또 누렇게 변했다. 새로 들인 제라늄들은 일반 화원에서는 팔지 않는 희귀한 거라 이만저만 신경이 쓰이는 게 아니었다. 작은 모종치고 값도 비싸거니와 몇 개 팔지도 않아서 온라인 매장에 나오는 즉시 제라늄 마니아들이 선점하는 희귀종인데 용케 몇 개 건졌다. 가장 좋은 흙에 모종 하나 하나를 옮겨 심은 후 애지중지 키웠다. 풍성하고 탐스러운 제라늄 꽃을 기다리며 정성을 들였건만 어찌 된 일인지 꽃은 안 피고 제라늄엔 잘 안 생긴다는 해충이 생겨서 간신히 없앴는데 또 탈이 났나 보다.

제라늄 화분 옆을 샅샅이 뒤져 보니 근처에 있는 란타나에서 벌레가 생겼다. 꽃이 예쁘기는 란타나도 제라늄 못지않지만 제라늄에 홀딱 반한 나는 란타나를 과감히 '삭발'시켰다. 란타나 이파리와 꽃을 인정사정없이 댕강댕강 잘라 내고 제라늄에서 멀찍이 떨어뜨려 놓았다. 한때는 알록달록한 꽃으로 주인공 노릇을 하던 란타나는 구석으로 밀려났다.

란타나의 희생에도 불구하고 제라늄은 회복될 기미가 보이지 않았다. 밤새 인터넷을 검색한 결과 제라늄 옆에 있는 율마에 의심이 갔다. 피톤치드 방출로 사람들에게 인기가 많은 율마. 하지만 이 율마에 의외의 복병이 있었다. 햇빛을 무척 좋아하는 율마는 주변에 식물이 많아서 광합성을 하는 데 방해를 받으면 테르펜이라는 독성 물질을 뿜어내 주변 식물을 고사시킨다고 한다.

범인은 율마구나. 이번에는 큰 율마 화분 두 개를 낑낑거리며 멀리 옮겼다. 새로 키우고 있는 작은 율마는 아직 독 같은 걸 내뿜기엔 여리고 앳돼 보였지만 그것들도 구석으로 치워 버렸다. 제라늄을 잘 키우려고 노력했을 뿐인데 어느 날 보니 모두 제라늄을 피해 멀찍이 줄 서 있는 것처럼 보였다. 제라늄끼리 무리 지어 있는 모습이 흡사 작은 섬 같았다.

언제까지 계속될 것 같던 화초 사랑에 제동이 걸렸다. 평수를 넓혀 갑자기 이사를 하면서 아끼던 화분들을 정리해야 했다. 이삿짐센터에서 가장 싫어하는 짐이 화분인 데다 실제로 이사하면서 화분이 깨지는 경우가 많다는 말을 들었기 때문이다. 저것들이 나를 따라오다 제 명대로 못 살면 어쩌나 싶어서 잘 키우겠다는 사람들한테 많이 줬다.

낡은 집을 사서 이사하는 터라 인테리어도 새로 했다. 부엌에는 북유럽풍 느낌을 살린 원목 싱크대를 설치했고 세련된 분위기를 위해 거실은 헤링본 벽지로 도배했다. 한바탕 공사를 마친 후에는 아기자기한 소품으로 집 안 곳곳을 꾸미느라 바빴다.

집 꾸미기에 여념이 없게 되면서 화분 수가 확 줄어든 '베란다 정원'은 점점 관심 밖 대상이 되었다. 지척이 천 리라더니 이사한 뒤에는 거실에서 몇 발자국만 옮기면 되는 베란다에 좀처럼 나가 보지 않았다. 정글처럼 화분이 많아서 부지런히 돌봐 줘야 할 때는 수시로 들락거렸는데 일거리가 줄어드니 이상하게 열정도 시들해졌다. 꽃도, 화분도, 베란다 정원도 새집에선 군식구였다.

야심차게 '반셀프 인테리어'를 구상하고 몇 주간 공사 현장을 뻔질나게 드나들며 공을 들인 덕에 누가 봐도 감탄할 만큼 예쁜 집이 되었다. 집 구경을 하러 온 지인들의 찬사를 들으며 내심 뿌듯해하는 것으로도 모자라 인테리어 카페에 집 사진을 올리고 칭찬을 기다렸다.

새집에서 새 출발이다! 들뜨고 설렌 날이 계속될 줄 알았다. 그날 전화를 받기 전까지는. 같은 경력 단절 입장에 있다가 취업에 성공한 이웃 동생의 전화를 받고 마음이 무너지기 시작한 집이 공교롭게도 새 단장한 집이었다. 빗장이 풀리면서 감춰 둔 마음 속 우울함과 상실감이 걷잡을 수 없이 쏟아져 내렸다. 허물어지는 마음 앞에 이사한 새집은 그저 콘크리트 덩어리일 뿐이었다. 시간이 한참 흐른 뒤에 인테리어 카페에 달린 댓글을 봤을 때는 오히려 울고 싶은 심정이었다.

'부엌이 정말 예뻐서 부러워요. 제가 꿈꾸던 부엌입니다. 이런 부엌에서 요리를 하면 어떤 기분일까요? 구름 위에서 요리하는 느낌일 것 같아요.'

아니에요, 아닙니다. 아무 소용 없어요. 원목 싱크대고, 수입 페인트고 다 부질없어요. 댓글이라도 달아 주고 싶었다. 결혼하고 덜컥 직장을 그만둔 후 해놓은 것 없이 나이만 먹고 이제 와서 다른 것 할 수도 없는 처지라고, 알지도 못하는 사람에게 하소연하고 싶었다. 이 근사한 집에서 할 일도, 만날 사람도 없이 무료하게 보내는 일상을 다 까발리고 마음껏 비웃음을 당하는 게 차라리 나을 듯했다.


거실에 앉아 내가 고른 헤링본 무늬 벽지를 보면서 지난 일을 후회하다 지치면 이 사람 저 사람을 떠올리며 원망했다. 내 인생을 둘러싼 사람들을 리셋하고 싶었다. 마침 어떤 심리학 책들은 말했다. '잘 해줄 때는 잘 해주지만 만날 때마다 상처를 주는 상대는 끊어야 한다', '나의 감정과 노력이 착취당한다고 느껴지면 그 관계는 청산해야 한다' 등 부당하고 불편한 관계는 단절시키라고 조언했다.

처음에는 속이 시원하다고 느낀 충고가 곰곰이 생각할수록 오히려 상처가 되었다. 나를 힘들게 하고 상처를 주는 관계는 대부분 함부로 끊기 어려운 인맥이었다. 친한 친구나 가까운 이웃, 매일 보는 직장 동료는 물론 배우자나 양가 부모, 심지어 자식인 경우도 있었다. 웬만큼 마음에 내공이 쌓이지 않으면 자유로워지기 어려운 주변인들의 시선이나 선입견도 있었다. 누구를 어떻게 끊어내야 이 번민에서 자유로워질까? 악당으로 보기 시작하니 모두가 악당이었다. 내 자존감을 훼손시키는 모두가. 빗장을 열어버린 전화의 주인공까지 미웠다. 새집에서 우울한 얼굴로 지내라고 모든 일이 톱니바퀴처럼 돌아가는 것 같았다.


느닷없는 빗소리에 베란다로 눈을 돌렸을 때다. 한참 전부터 나를 보고 있었던 듯 겹겹이 풍성한 제라늄 꽃이 베란다 화단에서 고개를 빼고 있었다. 한때 그토록 기다렸던 꽃이다. 예전만큼 물과 비료도 챙겨 주지 못하고 해롭게 하는 주변 식물과 벌레도 정리해 주지 못했다. 아무렇게나 뒤섞인 화단 속에서 방치된 채 이파리 몇 개가 누렇게 말랐는데도 기를 쓰고 꽃을 피운 것이다. 가지치기를 해주지 않아 들쑥날쑥한 가지 사이로 연분홍 테두리가 수놓인 하얀 꽃잎이 고왔다.

아이의 과학책에 하나의 식물에는 고운 말을, 다른 하나의 식물에는 거친 말을 계속하는 실험이 나온다. 거친 말에 시달린 식물은 결국 시들었다는 결과를 그다지 믿지 않았는데 기를 쓰고 꽃을 피운 제라늄을 보니 생각이 바뀌었다. 주인의 변심을 알아채고 이렇게라도 관심을 끌려고 하는 제라늄의 안간힘이 눈물겨웠다. 외딴섬으로 고고하게 지낼 때는 이파리만 무성하더니 악당들에게 둘러싸인 지금 시들기는커녕 비쩍 마른 가지에 꽃을 얹었다.

우리 인생에 등장하는 악당들 중 대부분은 카톡 차단하듯이 간단하게 갈라설 수 있는 상대가 아니다. 심각하게 정서적 학대나 물리적 폭력을 당하는 경우라면 아무리 가까운 관계라도 끊어야 하지만, 분명하게 악하고 명백하게 피해를 입어서 괴로울 때보다 나와 가까운 사람들과 얽혀 누구 탓에 힘들게 된 건지 알쏭달쏭한 상황에서 고민할 때가 더 많다. 시시비비가 확연하다면 그토록 답답하지도 않을 것이다.

제라늄 고생하라고 내가 일부러 엉망인 화단에 방치한 건 아니었지만 그 덕분에 제라늄은 자기의 자생력을 확인했을지 모른다. 어울리며 사는 방법을 배웠을 수도 있다. 마찬가지가 아닐까. 힘든 직장 상사가 있을지언정 오늘 출근은 해야 하고, 결혼해서 오히려 불행해진 것 같아도 이혼은 내키지 않으며 세간에 화제가 된 '며느리 사표'를 호기롭게 낼 처지도 아니다. 자식 때문에 힘들다고 매일 푸념하는 엄마들도 자신 없이 살 애들을 생각하면 눈물부터 날 것이다.

인생이 뜻대로 되지 않고 주변 인물들이 온통 악당 노릇을 하는 것처럼 보일 때 모두를 멀찍이 줄 세우는 것만이 해결책은 아닐 것이다. 어쩌면 그때가 감춰진 삶의 에너지가 폭발하는 순간이자 나를 변화시킬 기회일지 모른다. 회한에 젖기보다 내 마음 안팎으로 밀려든 갈등을 헤쳐 나가다 보면 더 단단한 가지가 되어 깊은 향기를 지닌 꽃을 피울 수 있지 않을까.

알싸한 제라늄 향기를 맡으며 시원하게 내리는 빗소리를 듣고 있자니 모처럼 머리가 맑아진다.

# '그런 사람' 되지 않기

　이미 그 아파트를 사기로 마음이 거의 기울었다. 주변의 평가도 다 긍정적이었고 내가 봐도 여러모로 매력적인 곳이었다. 하지만 덜컥 집을 샀다가 집값이 크게 떨어져서 마음고생한 기억이 있기에 부동산 거래를 앞두고는 소심해졌다. 마트에서 사소한 물건 하나 살 때도 뭐가 더 싼지 꼼꼼히 따지는데 큰돈이 오가는 부동산 거래를 허술하게 했다는 자책감에 그 당시 잠도 제대로 못 잤다. 결혼 초기에 빨리 보금자리를 마련하고 싶었던 욕심에 저지른 실수였다.

　그 이후엔 같은 잘못을 반복하지 않으려고 제법 세심하게 따졌다. 집 사기 전에 먼 곳에 있는 부동산에 가서 이 물건 저 물건 재는 사람처럼 물어본 적도 많다. 이번에도 다른 동네 부동산에 가서 내가 점찍은 아파트에 대해 슬쩍 물어보았다. 아파트 이름을 꺼내자마자 부동산 사장님이 말했다.

"아, ○○아파트? 거기는 다 좋은데 옆에 영구 임대가 들어서서 나중에 어떨지 몰라요. 학군도 그렇고. 거기 말고 이쪽 □□아파트가 더 좋아요."

"영구 임대 아파트요?"

"그래요, 거기 옆에 곧 공사 시작하잖아요."

임대 아파트가 들어선다고는 알고 있었지만 별로 개의치 않았다. 그런데 부동산 사장님이 내가 염두에 둔 아파트의 약점으로 언급하는 순간 불안해졌다. 다들 이렇게 생각하는지 궁금해서 부동산에 밝은 지인에게 물어봐야겠다 싶었다.


가끔 연락을 주고받는 사이다. 관심사도 취향도 다르지만 우린 서로 다른 부분은 건드리지 않고 겹치는 부분만 아슬아슬하게 공유하며 꽤 오래 알고 지냈다. 그녀에게 조언을 구하려고 연락을 했더니 마침 내가 사는 동네에 자신이 잘 아는 공인중개사가 있다며 같이 만나자고 했다.

"그분은 전국구야. 지방만이 아니라 서울도 훤히 꿰고 있어. 부동산 돌아가는 걸 꿰뚫어 보는 눈이 있어."

"그래? 대단하신 분인가 보네."

"재테크 잘해서 노후 준비도 다 해 놓고……. 가장 부러운 건 얼마 전에 딸을 반포로 시집보낸 거야."

　무슨 말인지 언뜻 이해가 안 갔다. 나나 그녀의 딸은 아직 중학생이어서 시집보내는 걸 부러워할 나이는 아니었다. 더구나 반포는 미국처럼 지리적으로 먼 곳도 아니고 두 시간이면 가는 거리가 아닌가.

　'반포로 시집보낸' 누군가를 부러워하는 그녀에게 임대 아파트 이야기를 꺼내는 게 어쩐지 내키지 않았다. 매수하려는 아파트에 대한 정확한 정보를 듣고 싶어서 전화해 놓고 막상 평가를 듣고 싶지 않은 마음이 들다니. 임대 아파트에 대한 세간의 시선을 그녀가 똑같이 말한다면 절묘하게 공통분모를 찾아 유지하던 그녀와의 관계가 위태로워질 예감이 들어서 길게 이야기하고 싶지 않았다. 사실 임대 아파트가 옆에 있는 건 큰 문제가 안 된다는 말을 듣고 싶었다. 반포 이야기에 열을 올리는 그녀에게 그런 답을 기대하는 건 어렵다고 느끼고 결국 본론은 꺼내지도 못한 채 전화를 끊었다.

　딸을 반포로 시집보낸 걸 부러워하는 그녀에게 속물근성을 지녔다며 날을 세울 생각은 없다. 하지만 임대 아파트에 대한 일부 사람들의 터무니없는 편견에 그녀도 동조한다면 괜히 속상할 것 같다. 특히 아이들과 관련된 뉴스 보도를 접했을 때는 마음이 아팠다.

아파트 입주민들이 임대 아파트 아이들이 오지 못하게 막아 놓은 철조망에 한 아이가 얼굴을 다쳤다는 기사를 본 게 10년도 더 된 일이다. 어떻게 저런 발상을 할 수 있을까 놀라웠는데 여전히 그런 인식이 많이 바뀌지 않은 것 같다.

이제는 아이들까지 이 흐름에 휩쓸려 어떤 지역에서는 같은 학교 아이들이 임대 아파트 아이들을 비속어로 얕잡아 부르며 괄시한다고 한다. 개탄스러운 상황 앞에 의외로 '어차피 화합 못할 거 무리하게 같이 살게 해서는 안 된다' '고급 아파트와 임대 아파트를 나란히 두는 것은 피차 불행이니 따로 사는 게 맞다'는 의견이 많다는 기사를 봤을 때, 물신숭배의 끝은 이런 건가 씁쓸했다. 임대 아파트 거주민들과 한 동네에 어울려 살면 다 같이 불행해진다느니, 아이들을 같이 놀게 하면 안 좋은 걸 배운다느니, 인도의 카스트 제도도 아니고 그런 말을 하는 사람들은 대체 무슨 심리일까.

고급 아파트를 향한 갈망과 임대 아파트에 대한 멸시는 부동산을 두고 애증이 교차한 지난 시간의 산물일지 모른다. 돌아보면 고도 성장기에 재건축을 거치며 심하게는 200배가 치솟은 인기 아파트는 지금의 로또와는 또 다른 의미였을 것 같다. 로또는 그야말로 '되면 로또'다. 800만분의 1 확률이라고 한다. 하지만 부동산 투자는 본인이 조금만 관심 갖고 발품을 팔면 쉽게 인생 역전할 수 있는 수단으로 여겨졌다.

베이비붐 세대부터 시작된 아파트에 대한 관심은 지금까지도 꾸준하다. 국내외 금융위기 때 집값이 폭락하기도 했지만 '그때 집 산 사람들은 오히려 부자가 됐다'는 목격담은 부동산 가치는 상승한다는 믿음을 심어 줬다. 집이 단순한 주거 공간이 아니라 재산을 늘리고 인생 역전을 도모할 수단이라는 신념이 더욱 공고해진 것이다.

여기에 더해 어떤 동네, 무슨 아파트에 산다는 것이 금배지마냥 새로운 신분으로 여겨지는 마당에 인근에 있는 임대 아파트는 집값을 위협하는 요인인 동시에 안전한 주거 환경에서 우수한 교육을 받아왔다는 개인의 역사에 흠결을 낼 수 있는 거대한 위험물로 인식된다.

부동산을 향한 동경과 선망, 열등감과 우월감, 얽히고설킨 이해관계 앞에서 '우리도 일부 유럽처럼 집과 부동산을 이용해 사적 이익을 취하기 힘든 사회 구조를 만들어야 한다'거나 '사람들이 거주하는 곳으로 편 가르기를 하는 사회는 건강하지 못한 사회다'라는 지적이 어쩐지 공허하게 느껴지기도 한다.

하지만 사람과 사람 사이에 생기는 차별적이고 배타적인 기준이 너무 세분화되어 가고 무자비하게 적용되는 걸 보니 누구에게도 무시받지 않을 만한 '안전 구획'에는 대체 몇 사람이나 남게 될지 의아스럽다.

'반포로 시집보낸다'는 말이 당혹스러웠던 것도 '좋은' 혼처의 기준에 사회적 지위나 재력도 아니고 거주지, 그것도 서울과 지방도 아니고, 강남과 강북도 아닌 '동' 개념까지 나온 게 낯설었기 때문이다. 이러다간 같은 동 내에서도 무슨 아파트인지가 중요하고 같은 아파트 내에서도 강변이 보이냐 안 보이냐에 따라 평가가 달라질지도 모르겠다. '강남의 ○○동 ○○아파트에 강 전망 나오는 남향집에 시집보냈어'라고 말하는 시대가 오는 건 아닐까.

임대 아파트도 그렇다. 어쩌면 임대 분양과 일반 분양 주민들을 나누는 데서 그치지 않고 더 극단적으로 주택담보 대출 없이 집을 산 사람과 그렇지 않은 사람으로 세분화할지도 모른다. 빌라에 사는 아이들을 '빌라 거지'라고 놀리던 아파트 아이들이 저희끼리 또 편을 나눠 '대출 거지'를 골라내지 말란 법이 없다. 지금도 아파트 매매가와 전세가의 적은 차액을 이용해 투자를 하는 사람들을 '갭 거지'라고 부르는 어른들이 있으니까 말이다(아무리 과도한 갭 투자에 대한 반감이 있더라도 이런 표현은 놀랍다). 어린아이들일수록 어른들에게 배운 어설픈 특권의식을 날것으로 드러내

5장 오늘, 흘러넘치는 엄마의 시간

니 금방 응용해서 써먹을 수도 있겠다.

이렇게 난 임대 아파트를 둘러싼 편견에 저항감을 느끼는 사람이다. 그런데 부동산 사장님의 한마디에 왠지 모르게 심란해졌다. 편견 없는 사람이라면 그런 말쯤 무시해야 하는데 그렇게 하지 못하는 나의 이중성 때문에 복잡해진 속내를 알 리 없는 남편은 집을 둘러보고선 흡족한 눈치다.

"지금까지 본 중에 가장 마음에 들어. 그럼 이 집으로 계약할까?"

부동산 투기를 비판적으로 보는 사람이라도 누가 어디를 사서 몇억이 올랐네, 무슨 아파트는 프리미엄이 얼마네 소리를 들으면 부러운 게 사실이다. 그런 마당에 내 집값이 맥없이 곤두박질치면 또 얼마나 잠을 못 자고 괴로워할까. 대부분의 사람들이 그렇듯 나 또한 쟁여 놓은 현금으로 사는 것도 아니고 은행 빚을 내서 사는 신세이니 말이다.

"어떡하지?"

"뭘?"

"사실 다른 동네 부동산 사장님한테 들은 이야기인데, 이 아파트 옆에 임대 아파트가 들어서고 앞으로 어떻게 될지 모른대. 학군도 별로 안 좋다고 하고."

어렵게 꺼낸 이야기에 의외로 남편은 가볍게 대꾸했다.

"됐어. 우리 그런 사람들 아니잖아."

집값 따위야 오르건 내리건 초연할 수 있는 자산가도 아니고 부동산으로 돈 번 누군가를 부러워하지 않을 만큼 속세를 떠나 사는 것도 아니다. 하지만 남편 말을 듣는 순간 '그런 사람'은 되지 말아야겠다고 생각했다. 타인에게 준 모멸감은 결국 부메랑이 되어 자신에게 돌아온다는 걸 모르는 사람. 구획을 나누고 나누다 보면 자신도 금 밖으로 밀릴 거라는 사실을 간과하는 사람. 인근 임대 아파트 유무가 나의 집 계약을 결정하는 주요한 변수가 된다면 언젠가 나도 '그런 사람'이 될지도 모른다. 계약은 예정대로 진행했다.

며칠 후 계약서에 도장을 찍고 돌아오는 길에 생각했다. 다들 말한다. 부동산 투자는 계층 이동 사다리이니 꼭 붙잡고 올라야 한다고. 그 과정에서 누군가 낙오하거나 아이들이 상처받는 일 따위는 그렇게 중요한 게 아니라고. 세상은 쉽게 바뀌지 않는다. 하지만 소설 『도가니』의 서유진은 말하지 않았던가.

*"세상 같은 거 바꾸고 싶은 마음, 아버지 돌아가시면서 다 접었어요. 난 그들이 나를 바꾸지 못하게 하려고 싸우는 거예요."*

행여 집값이 내가 산 가격보다 떨어지면 속상해서 또 끙끙 앓을지 모른다. 대단한 소신과 철학을 지닌 사람은 아니지만 그래도 임대 아파트 때문에 결정을 바꾸지는 않았다. 아무도 알아주지 않고 무엇에도 영향을 끼치진 못하지만 나를 지키는 작은 반란이다.

# 관계 속에 규정된
# 나를 넘어서

은행은 명절을 앞두고 신권을 바꾸려는 사람들로 혼잡했다. 아이를 학원에 데려다줘야 할 시간이 다가와 마음이 급했지만 대기표를 뽑고 기다리는 것 외에 방법이 없었다. 안절부절못하며 서성거리고 있는데 낯익은 창구 직원이 손짓을 하며 불렀다. 무슨 일인가 싶어 다가갔더니 목소리를 낮추며 묻는다.

"신권 바꾸러 오신 거죠? 얼마 바꾸시려고요?"

아직 내 순서가 아니니 기다려야 하는 거 아닌가 싶어 우물쭈물하고 있는데 직원이 얼마 바꿔야 하느냐고 재차 물어서 얼결에 대답하니 얼른 신권을 가져다주었다. 신권을 받아 들고 돌아서는데 한 아주머니가 쳐다보고 있었다. 왜 새치기를 하냐고 따질까 봐 겁나서 황급히 발걸음을 옮기며 힐끗 쳐다봤는데 적대적이기보다는 부러움에 가까운 눈빛이었다.

창구 직원에게 혼잡한 사람들 속에서 왜 나를 먼저 해주느냐
고 묻지는 못했다. 그저 막연히 지난달 ELS 계좌를 몇 개 만들어
서 그런 건가 생각했다. 은행에서 VIP실을 이용하려면 예치된 자
산이 얼마 이상이어야 한다던데 그런 정도의 자산과는 아무 상관
없는 나 같은 사람도 직원이 권하는 금융상품 몇 개 들었다고 특
별한 대우를 받는 게 신기하면서도 솔직히 싫지 않았다. 누군가
가 부러워하던 눈빛도 그렇다. 낯설었지만 아줌마에서 갑자기 사
모님이라도 된 양 조금 우쭐한 마음마저 들었다.

한 젊은이의 호주 정착기를 담은 『이민을 꿈꾸는 너에게』를 인
상 깊게 읽었다. 화제가 되었던 소설 『한국이 싫어서』의 에세이
버전이라고 누군가 말한 것처럼 흙수저 젊은이가 한국에서 겪은
환멸과 좌절을 딛고 호주에 가서 정착하는 과정을 생생히 그렸
다. 특히 기억에 남는 건 백화점 주차요원을 했던 그녀의 경험이
었다.

주차장 입구에서 안내요원을 했던 그녀가 정말 힘들었던 건 겨
울의 칼바람이나 여름의 뙤약볕이 아니었다. 백화점 VIP 차량 번
호를 외워서 수시로 시험까지 봐야 하는 분위기였다. 그들이 백
화점에 들어섰을 때 행여 버튼을 누르는 수고를 하지 않게 직원
이 차단기를 알아서 올려 줘야 했다.

그녀의 이야기를 읽으며 대학교 때 했던 백화점 아르바이트가 생각났다. 종일 서서 물건을 파느라 종아리가 퉁퉁 붓는 것도 고단했지만 더 힘들었던 건 고객용 화장실을 비롯해 식당 등 일체의 고객 시설을 이용할 수 없고 휴게 공간에 비치된 의자에도 앉을 수 없었던 것이다. 직원 전용 화장실이나 식당은 멀리 있었고 휴식 시간에는 비상계단 앞에 쌓인 박스에 앉아서 쉬었다. 그게 부당하다거나 서럽다는 생각도 못했던 것 같다.

직원이라고 해서 왜 투명인간처럼 숨어서 쉬고 화장실조차 몰래 다녀야 했는지 모르겠다. 20년이 흘렀건만 아직까지 그런 처우가 크게 바뀌지 않았다는 기사를 얼마 전에 봤다. 그나마 그게 문제라고 다루는 뉴스가 나오니 다행이라고 해야 하는 건가.

우리는 관계 속에서 누군가를 너무 쉽게 투명인간 취급을 한다. 누군가의 생리적 욕구는 물론 표정, 행동, 감정이 보이지 않는 척한다. 등판에 '남의 집 귀한 자식'이라고 쓰인 티셔츠를 입고 다니는 식당 종업원들을 보면 그간 얼마나 비인격적인 대우를 받았기에 저런 문구를 새겨서 자신을 지켜야 하는 걸까 안쓰럽다.

식당 종업원뿐일까. 상대방보다 조금이라도 유리한 사회적 위치에 서게 되면 알량한 권력과 지위를 이용해 상대방을 업신여기고 무시하는 사람들을 도처에서 만난다. 납품 업체의 직원으로 상위 업체에 굽실거리던 사람이 관공서 말단 직원에게는 공연한 트집을 잡아 폭언을 퍼붓는 장면이나 아파트 입주자 대표에게는 공손했던 관리사무소 직원이 가스 검침원 아주머니를 이유도 없이 세워 놓고 호령하는 광경. 직장에서 겨우 1년 먼저 들어왔는데 온갖 부당한 일을 시키던 선배 때문에 흘리던 누군가의 눈물. 굳이 기억을 짜낸 것도 아닌데 보고 들은 화면만으로 머릿속이 꽉 찬다. 계약서상의 갑과 을이 아니라 상하 관계나 주종 관계처럼 변질된 사람들 이야기가 뉴스에서도 우리 일상에서도 차고 넘친다.

돈이 모든 가치보다 우위에 있는 자본주의 셈법 하에서는 어쩔 수 없는 일일까. 짧은 시간 압축 성장을 이룬 반면 시민 의식이 성숙할 새가 없던 우리 사회의 단면일까.

다음 명절이 왔을 때 신권을 바꾸러 갔다. 놀랍게도 난 특별 대우를 또 기대하고 있었다. 줄 서 있는 사람들 사이로 지난번 창구 직원을 찾았지만 그 자리에는 낯선 얼굴이 앉아 있었다. 자리를 옮겼나 싶어 여기저기 힐끔거렸지만 보이지 않았다. 어쩔 수 없이 대기표를 들고 기다리고 있자니 이상하게 홀대받는 느낌이 들었다. 누군가는 먼저 신권을 바꾸는 대우를 받을까 싶어서 괜히 두리번거렸다. 사모님에서 아줌마로 돌아왔다.

타인에게는 부당했을 새치기가 특별 대우로 둔갑했고 아무리 사소해도 그걸 누릴 때는 달콤했다. 하지만 끈 떨어진 백처럼 그 대우를 해줄 사람이 사라지자 큰 착각을 하고 있었다는 걸 깨달았다. 잠시 대우를 받고 사모님인 양 거들먹거린 게 우스워졌다. 난 계속 똑같은 나였는데 직원의 대우에 따라 사모님도 됐다가 아줌마도 됐다가, 혼자 볼썽사나운 연기를 했다는 생각이 들었다.

갑이 되든 을이 되든 나는 나다. 누군가의 시선이나 누군가와 맺은 관계 속에 나를 전부 맡겨 버리면 어떤 일이 벌어질까. 그것도 진정한 친밀감이나 인간적인 호의가 아니라 돈이나 권력, 명예를 근거로 대우가 달라지는 계산적인 그물망에 나를 스스로 가두면 어떻게 될까. 하루에도 수차례 아줌마와 사모님, 직원과 고객, 갑과 을을 오가며 나에 대해 재정의하고 감정을 소비하느라 다른 일을 하기 힘들 것이다. 더 큰 문제는 갑들에게 제공되는 특혜는 수많은 을을 투명인간 취급하는 비인간적인 풍토 위에서 뻗어 나간다는 것이다.

내가 새치기의 달콤함을 누리기 위해서는 금융상품을 한 개라도 더 개설하기 위해 손님을 '차별'하는 직원들 간 암묵적인 분위기가 있었을 것이다. 직원은 마음이 불편했을지 모르지만 자신의 인간적 고민은 뒤로한 채 직장 분위기를 따랐을 것이고, 그날 새치기를 지켜보며 부러워하던 아주머니는 자신의 처지를 처량하다고 느끼고 집에 가는 발걸음이 무거웠을지 모른다.

언제든 홀대받는 을이 될 수 있다는 불안함과 갑으로 대우받을 때 비로소 느끼는 안도감은 나란히 간다. 서로가 서로를 견인한다. 을로 전락하지 않으려면 갑으로 떵떵거려야 한다. 하지만 불의한 특혜에 익숙해지는 갑도 부당한 대우에 길들여지는 을도 사실 모두 병들어 가는 것이다.

차별적인 사회 풍토에 무감각해지는 모두가 건강하지 못한 관계의 그물망 속에서 서로의 존엄을 해친다. 병든 그물망을 당장에 걷어 내고 새 그물망을 칠 수 없다면 스스로 그 속에 갇히지 않도록 늘 깨어 있어야 한다.

혹시나 그 직원이 돌아와서 내가 다시 새치기라는 배려를 받을 수 있다 해도 이제는 '아니요, 기다릴게요'라고 단호하게 말해야겠다. 미미한 특혜가 한 번으로 끝났기에 망정이지 여기에 길들여지면 사람이 어떻게 변했을지 생각하면 아찔하다. 관계 속에 규정되길 거부하고 깨어 있는 개인들이 많아질 때 '오직 하나, 살아 있다는 이유만으로 그것들은 무엇이나 눈물겹게 아름답다'(양성우 시인의 『살아 있는 것은 아름답다』)라는 인간적 가치가 우리 안에서 숨 쉴 수 있을 것이다.

# 워킹맘도 전업주부도 아닌 엄마 사람입니다

에이미 몰로이의 스릴러 소설 『퍼펙트 마더』는 단 하룻밤 외출을 시도했다가 모든 것을 잃게 될 위기에 처한 엄마들의 심리를 섬세하게 그리고 있다. 육아에 매인 일상에서 잠깐 벗어난 순간에 아기를 잃어버린 한 엄마와 그 사건을 파헤쳐 가는 초보 엄마들이 등장한다. 아기를 유괴한 범인 못지않게 무시무시한 건 엄마에게 올가미처럼 씌워진 모성 신화다. 전후 사정은 다 무시되고 순식간에 자격 미달의 엄마로 간주되며 뭇사람들에게 인신공격을 당한다. 자신의 커리어도 희생해 가며 지극정성으로 아기를 돌봤건만, 아기가 없어지자 안 그래도 마음이 무너져 내리는 엄마들을 향해 '모든 건 엄마 잘못'이라는 맹비난이 쏟아진다.

스릴러 속 이야기라고 치부하기엔 엄마에게 쏟아지는 세간의 비난이 낯설지 않다. 신문 지상에 오르내리는 아이 관련 사고에는 항상 엄마가 등장한다. 엄마가 옆에 있었는데 차에 치이고, 엄마가 어린이집에 맡겼는데 사고가 나고, 엄마가 잠깐 한눈을 판 사이에 아이를 잃어버리고⋯⋯. 사람들은 '엄마가 있었으면서' 이런 사고가 났다고 비난한다. 왜 사고 현장에는 늘 엄마가 있고 그래서 비수처럼 꽂히는 모든 질책을 엄마가 받아야 할까.

우리 사회에서 아이의 주양육자는 엄마다. 사고 현장에 엄마가 있는 빈도가 높을 수밖에 없다. 그럼에도 어떤 이들은 유독 엄마들이 부주의하고 서툴러서 사고가 났다는 식으로 결론을 내리고 날선 비난을 한다. 만약 아빠가 아이를 돌보다 사고가 났다면 아빠를 비난하기보다는 '엄마는 뭐 하고 있었길래' 소리가 따라올 것이다. 드물게 육아 휴직한 아빠라고 밝혀진다면 비난은커녕 남자가 아이 돌보느라 오죽 힘들었겠느냐고 두둔하며 오히려 안쓰럽게 여길 것이다.

아이를 낳는 순간 아이의 기본적인 발육과 안전, 정서와 학습 능력까지 엄마는 모든 걸 전지전능하게 관리하며 책임져야 한다. 한 박자라도 어긋나면 모든 비난의 화살은 엄마에게 쏟아진다. 당장 서점 육아 코너에서 몇 발자국만 움직이며 서가를 훑어봐도 알 수 있다. 책 제목에는 온통 '엄마'가 박혀 있고, 엄마에게 온갖 자격과 능력을 요구한다. 사회적 흐름이 다소 변하긴 했지만 아직도 엄마에게 훈수를 두는 이들이 너무 많다. 얼마나 많은 책들이 엄마를 겨냥해 이렇게 해라 저렇게 해라 시키고 있는지 모른다.

아이는 '어른의 축소판'이 아닌 만큼 지속적으로 가르치고 배려해야 하지만 동시에 '부모의 확장판'이 아니니 독립성과 자율성을 인정해 줘야 한다. 그 힘든 외줄타기 같은 육아의 과정에서 엄마에게만 끝없는 의무를 부여하고 결과를 두고선 한없는 책임을 요구한다. 아빠는, 학교는, 사회는 뭘 하고 있었는지 묻지 않는다.

경쟁 일변도의 사회에서 육아마저 경쟁인 양 엄마들에게 빨리 '완벽한 아이'를 만들라고 재촉한다. 초보 엄마들이 세상의 이런 주문에 민감해져 아이에게만 집중하면 이번엔 반대로 자기 삶을 충실히 살지 못하는 구시대적 엄마라는 또 다른 맥락의 비판에 직면해야 한다.


우연한 기회에 에밀리 데이비슨의 실화를 다룬 《서프러제트》란 영화를 보았다. 100년도 더 전에 영국 여성 에밀리 데이비슨은 여성의 참정권을 요구하며 달려오는 말에 자신의 몸을 던졌다. 이 영화는 인류의 반을 차지하는 여자도 사람이라는 당연한 명제가 수용되기까지 얼마나 많은 이들이 자기 삶을 희생했는지 돌아보게 한다. 여성에게 투표권과 어머니로서 법적 권리를 보장하라는 요구에 '당신들은 어머니고 아내다. 그게 본분이니 가정에서 벗어나지 말라'는 명령이 돌아온다.

엄마이고 아내이기 이전에 한 사람이고 사회의 일원이라는 전제가 간과되는 건 지금도 크게 변하지 않은 듯하다. 제도적인 진전은 많이 이루어졌지만 아직도 '엄마'를 향한 사회의 잣대는 이중적이고 냉혹하다. 가정 내 구성원들조차 아내, 엄마, 며느리의 삼박자를 다 조화롭게 해내길 요구하면서도 경제적인 능력이 없는 걸 확인하는 어떤 순간, 은근히 모멸감을 느끼게 한다. 엄마가 뒤늦게 경제 활동에 뛰어들면 이제껏 당연하게 누린 돌봄 노동의 빈자리를 그때서야 확인한다. 하지만 고마워하기보다는 자신들이 불편해졌노라고 성토한다.

가슴 아픈 건 엄마들조차 사회적인 시선에 위축되고 가끔은 편가르기를 할 때다. 《서프러제트》에서 주인공을 외롭게 만든 건 남편만이 아니다. 같은 여자들조차 여성 참정권 운동을 외면하고 비난한다. 종종 전업주부인 엄마들이 스스로를 남편에게 얹혀사는 무능력자라고 생각하거나 일하는 엄마들이 자기를 이기적인 독종이라고 자학하는 걸 본다. 이런 양분을 스스로 했을 것 같지는 않다. 누군가의 시선에 자신도 모르게 구속된 게 아닐까. 그 옛날 콩쥐 팥쥐 이야기부터 얼마나 많은 여자들이 나쁜 여자, 착한 여자로 양분되어 왔던가.

엄마들에게 육아의 모든 책임을 떠넘기는 사회가 전업주부와 워킹맘을 구분하고 육아에 성공한 엄마와 그렇지 못한 엄마를 나누고 있다는 생각이 든다. '한 아이를 키우려면 온 마을이 필요하다'는데 엄마에게 아이 성장의 모든 것을 책임지라는 것은 시대에 역행하는 흐름이다. 설혹 엄마가 자기 한 몸을 '아이 키우기'에 갈아 넣은들 아이는 역동적인 존재라 부모가 원하는 대로 반드시 커주지도 않는다.

따라서 엄마들이 스스로 나누지도 않은 구획에 자기를 들여놓고 이게 부족하네, 저게 모자라네 자책하지 않았으면 좋겠다. 전업주부와 워킹맘이라는 단순한 구도로 서로를 재단하는 일도 멈췄으면 한다. 세상에 복잡다단한 사연을 간직한 수많은 엄마들을 어떻게 그리 쉽게 이분법으로 나눌 수 있는가.


아이가 어릴 때, 몸은 아이에게 머물러 있었지만 마음은 천 갈래 만 갈래 복잡했다. 그 시기에 주변에서 '이렇게 예쁜 아기를 두고 왜 우울한 얼굴을 하고 있느냐'고 물으면 내가 정말 못된 엄마라는 생각이 들어 괴로웠다. 기꺼이 전업주부가 되지도 못하고,

당차게 워킹맘이 될 수도 없는 처지가 답답한데 그런 갈등이 모성애가 부족한 엄마이기 때문에 생기는 것 같았다. 이제 누군가 물어보면 말할 수 있을 것 같다.

"만약 남편이 나 대신 아이를 키우고 직장을 그만두면 어떤 얼굴을 하고 있을까요? 예쁜 아가의 웃는 얼굴을 바라보는 것만으로 모든 희생을 기쁘게 받아들일 수 있을까요? 세상은 눈이 핑핑 돌아가게 변하는데 나한테 5분도 집중할 수 없는 나날을 마냥 행복하게 여길 수 있을까요? 나도 남편과 마찬가지입니다. 사회적 관계도 맺고 싶고 사회적 성취도 하고 싶었어요. 사회 속에서 계속 성장하고 싶었던 '사람'입니다. 엄마라는 이유로 그 모든 걸 그렇게 간단하게 포기할 수 있는 건 아닙니다. 아직까지는 엄마가 돌보는 게 더 바람직하다거나, 남편의 수입이 더 많다거나, 각자의 현실적인 상황에 맞춰 어쩔 수 없이 단념하는 것이죠. 그렇다 하더라도 내면의 갈등은 계속됩니다. 그 갈등조차 비난받는 것은 가혹하지 않나요?"

박완서 작가의 소설 『살아 있는 날의 시작』에서 극중 인물 청희는 말한다. '그렇다고 몸뚱이에서 여자다움이 시들면 그 허구로부터 놓여날 수 있는 건 아닐 게다. 다음은 어머니라는 신성이 준비돼 있을 테니까. 여자의 마성에서 어머니의 신성 사이엔 아무런 경계도 없나 보다. 누구나 쉽사리 옮겨 가니까. 왜 남자도, 여자 자신도 마성에만 관심이 있고, 그 이전에 인간성이란 걸 여자도 갖고 있다는 데는 관심을 두지 않는 걸까.'

엄마에게 자꾸 신성한 올가미를 씌우는 한, 엄마가 한 사람으로서 지니는 소망과 고뇌가 드러나기 어렵고 성찰과 치유로 이어지기도 힘들다. 물론 연약한 한 생명이 크려면 일정 기간 부모의 헌신이 필요하다. 그 과정이 부모에게 새로운 인간적 성숙의 기회가 되기도 한다. 하지만 '전업주부와 워킹맘'이라는 낡은 구도 안에서 전업주부는 이래서 부족하고, 워킹맘은 저래서 안 된다는 논리에 묻혀 '엄마도 사람이다'라는 지당한 명제가 힘을 잃고 있는 건 아닌지 돌아볼 때다.

아이를 통해 인간적 깊이를 더해 가는 엄마, 사회 활동에 가치를 두는 엄마, 자기 성장을 도모하는 엄마, 가족에게서 독립할 준비를 하는 엄마…… 대립적인 이분법이 아니라 다채로운 색깔과 다양한 단계를 거치는 존재로서 엄마를 인정해 줄 필요가 있다. 우리 사회 엄마들의 갈등이 한탄으로 머물지 않고 성장의 동력이 되도록 가정 안팎에서 엄마에게 힘을 실어 주기 위해서라도 말이다.

# 스텝이 엉키면
# 엉키는 대로

첫째 아이가 대여섯 살 때쯤이었다. 갑자기 천둥이 치며 장대비가 쏟아졌다. 어둑해진 하늘을 뒤로하고 현관문 앞에 선 첫째가 혼자서 1층까지 못 내려가겠다고 버텼다. 유치원 버스가 아파트 바로 앞까지 오지만, 천둥소리에 놀란 아이는 나더러 데려다 달라고 졸랐다. 돌도 안 된 둘째가 감기로 밤새 칭얼대다 간신히 잠든 직후였다. 아마도 난 푸석푸석한 얼굴로 아이에게 동생이 깰지 모르니 버스 타는 곳까지 혼자 가라고, 엄마가 베란다에서 지켜보니 괜찮다고 몇 번 달래보다 화도 냈던 것 같다. 그러다 울음을 터뜨리는 첫째와 더 이상 실랑이를 벌일 수도 없고 해서 겨우 잠든 둘째를 놔둔 채 집을 나섰다. 얼른 다녀오면 되려니 했는데 승강기를 타고 오르내리는 사이 시간이 훌쩍 흘렀다.

첫째를 데려다주고 승강기에서 내리는 순간 아이의 울음소리가 복도까지 울려 퍼졌다. 놀라고 두려움에 찬 울음소리. 황급히 현관 번호를 누르고 문을 열자 어떻게 방문을 열었는지 둘째가 거실까지 나와서 겁에 질린 얼굴로 울고 있었다. 얼마나 울었는지 목이 다 쉬었다. 밖에는 벼락이 치고 있었다.

그때 둘째를 붙잡고 많이 울었다. 아기가 잠깐 놀라서 운 게 뭐 그리 대수였을까. 도와주는 사람 하나 없는 상황에서 내가 둘로 나뉘면 좋겠다는 생각을 수도 없이 했다. 남편은 얼굴 보기도 힘들었는데 동생을 본 첫째는 떼가 늘었다. 첫째는 놀아달라고 내 꽁무니를 쫓아다니며 울고, 둘째는 배고프다고 울고, 이유식 만들다, 건성건성 그림책 읽어 주다, 뭐 하나도 제대로 못한 채 그자리에 주저앉아 같이 울어 버리고 싶은 상황을 숱하게 넘겼다. 비 오는 그날, 둘째한테 미안해서도 울었지만 참았던 설움이 터졌다. 누구를 향할 수도 없는 설움이라 더 서글펐다.

지난해 가을이었던가. 면접장에서 아기를 맡기고 나왔다며 불안해하는 그녀를 보니 그날이 떠올랐다. 그녀는 잠을 못 잤는지 피곤한 얼굴이었다. 그녀가 나의 경쟁자라는 것도 잊고 아파서 보채는 아기를 누군가의 손에 맡기고 무거운 발걸음으로 온 모습이 안쓰러웠다. 우린 한 조가 되어 응시장에 들어섰다. 그녀는

5장 오늘, 흘러넘치는 엄마의 시간

대뜸 면접관에게서 '교정직에 응시한 사람이 자기소개서 맞춤법도 틀리느냐'는 질책을 들었다.

"아, 제가 채용 공고를 원서 접수 마감 임박해서야 봤거든요. 그런데 아기가 아파서 준비를 못하고 있다가…… 거의 마지막에 급하게 원서를 썼어요."

더듬거리며 말을 이어 가는 그녀. 눈에 선하다. 아기는 아파서 자꾸 보채는데 맡길 사람도 없고 쫓기듯이 원서를 썼을 모습이. 아기를 어르고 달래 가며 쓰다 지쳐 포기할까 생각도 했지만 이런 식으로 자꾸 기회를 놓치면 다시 일하기가 힘들어지는 게 아닌가 걱정되어 결국 급하게 원서를 쓰고 간신히 접수한 뒤 안도의 한숨을 쉬었을 광경이.

자기소개서 맞춤법이 틀린 게 결격 사항이라면 서류에서 거르지 굳이 사람을 면접장에 불러내서 망신을 주는 면접관에게 한마디 해주고 싶었다. 이 면접장에 나오기 위해 여기저기 아기 봐줄 사람을 수소문하느라 얼마나 애썼을까. 아기가 자는 틈틈이 면접 준비한다고 졸린 눈을 치켜뜨며 연습은 또 오죽했을까. 면접관들의 기세에 검은색 정장 안에서 자꾸 움츠러드는 그녀에게 어깨 펴라고, 괜찮다고, 당신은 충분히 노력했으니 당당하라고 말해 주고 싶었다.

한때는 평탄할 수도 있었던 내 인생이 왜 이리 엉켰을까 답답한 생각이 들었다. 좋은 선택지를 놓친 내 자신을 책망했다. 남편을 따라 낯선 타지로 오지 않았다면 직장을 그만둘 일도 없었을 것이고 뒤늦게 경력 단절녀의 위치에서 일을 구하느라 수모를 당하지도 않았을 것이다. 친정의 도움을 받아 안정된 직장에 다니며 돈 버는 며느리로 시댁에서도 오히려 대우를 받았을지 모를 일이다. 가족도 친구도 없는 곳에서 그다지 맞지 않는 엄마들하고 어울리다 지쳐 쓸쓸하게 벤치에 앉은 날도, 살림에 취미도 재능도 없는데 아이 둘을 혼자 키우다 하루에도 몇 번씩 무능함을 느끼고 주저앉은 날도 없었을 것이다. 유능한 사회인으로 인정받던 지난날을 꿈결처럼 떠올리며 쓸쓸한 표정을 짓지도 않았을 것이다.

영화《여인의 향기》에서 실명한 퇴역장교로 등장한 알 파치노는 말한다. 스텝이 엉키면 엉키는 대로 추는 게 탱고라고, 그게 인생이라고. 누구나 가지 않은 길에 미련이 남는다. 그 길을 걸었으면 틀림없이 더 편안하고 행복했을 거라고 생각한다. 그랬을지도 모른다. 남편한테 난 죽어도 못 내려가노라고, 절대 직장을 그만둘 수 없다고 우기지 못한 나는 어리석었는지 모른다.

하지만 어리석었기에 난 '엄마'라는 말만으로 눈물 흘리는 사람들을 이해하게 되었다. 엄마들 수업을 하면 '나는 종종 무너졌다'로 시작하는 시의 첫 문장에서 많은 이들이 울음을 터뜨린다. 엄마들이 자신에게 주어진 시간을 얼마나 철저히 희생해야 한 생명을 키울 수 있는지, 그 노고 뒤에서 얼마나 자주 무너지고 넘어지면서 다시 일어나 오늘을 살아가는지 이제 안다. 숨겨 둔 가슴속 맺힌 이야기가 많지만 한꺼번에 쏟아 내기 버거워하는 엄마들이기에 천천히 그들의 말을 새기며 듣는다.

뒤엉켰다고 생각한 시간 속에서 오히려 더 끈질기게 나를 찾았다. 엄마와 나 사이에서 길을 찾으려고 몸부림쳤다. 누군가의 지혜와 경험이 등불이 되어 줄까 싶어 도서관에서 많은 시간을 보냈다. 엄마가 되었지만 나를 지키고 싶었고, 나를 잃지 않으면서도 좋은 엄마가 되고 싶어 고민한 시간들. 작가들의 삶의 여정에서, 책 속 인물들의 일상에서 그 시간이 밀도 있게 드러났다. 신여성으로 불꽃같은 삶을 산 나혜석이 이미 '우주 안 인류의' 한 존재인 여성을 둘러싼 차가운 현실을 직시했고, 바다 건너 도리스 레싱이 '주위 사람들과는 다른 종류의 시간의 흐름'에 묶인 엄마의 시간을 포착했다. 200년 전, 제인 오스틴이 물었던 결혼의 진정한 의미를 아직도 많은 이들이 찾고 있는 중이며, '여성들이 침묵을 깨고 자신의 이야기를 하는 게 변화의 시작'이라고 역설한 리베카 솔닛의 목소리는 여전히 귀 기울여 들어야 할 상황이다. 최근 쏟아져 나온 많은 여성들의 소설과 에세이까지, 길을 만들어 간 수많은 여성들의 발자국이 나를 이끌어 갔다.

혼자만의 고민이 아니었고 단절된 시간에 홀로 서 있는 게 아니었다. 나를 둘러싼 세상이, 사람들이 보였다. 그렇게 오랜 시간 성찰한 기록을 책으로 냈고 나 또한 엄마 독자들을 만나게 됐다. 책을 낸 후 온라인상에서 그리고 오프라인 수업 현장에서 만난 사람들. 오래전 사연을 책에서 만났다면 같은 시대를 살아가는 독자들의 이야기를 현장에서 들었다. 나의 눈과 귀, 마음의 외연은 자꾸 뻗어 나갔다. 관계 속에, 시간 속에 성장하는 나를 보았다.

이제 나는 믿는다. 보이지 않더라도 같은 시간 속에서 성장하고 있을 그녀들의 존재를. 엄마들의 시간이 함께 흘러가고 있다는 것을 말이다. 동시대를 살아가는 엄마들뿐 아니라 오래전부터 엄마로서, 여성으로서, 한 인간으로서 지속해 온 많은 이들의 사유가 내 삶 속에서 숨 쉬기에 내 시간은 결코 혼자 흘러가지 않는다.

『페미니즘의 도전』에서 정희진 작가가 밝혔듯이 '내 처지가 어떻든 간에 지금 여기의 나는 수많은 사람들의 희생과 양보의 결과'다. 스텝이 엉키지 않았으면 몰랐을 것이다. 수많은 사람들의 시간 속에 내 인생이 작은 떨림으로 자리하고 있다는 것을.
누군가의 번뇌를 발판 삼아 오늘의 내가 피어나고 있다는 것을
말이다.

## 〈언니네 마당〉 아트플래너 김순주 님

저는 현재 회화, 판화 공방을 운영하면서 〈언니네 마당〉이란 독립 잡지의 편집진으로 일하고 있어요. 결혼 후에 출산과 육아로 그림을 계속 그릴 수 없는 상황에서 일할 기회를 자꾸 놓치니 심적으로 힘든 시기도 있었는데, 우연한 기회에 〈언니네 마당〉이란 잡지를 알게 되었죠.

〈언니네 마당〉은 세상을 바라보는 시각이나 고민의 방향이 저랑 참 잘 맞더라고요. 저는 '세월이 지나도 나는 나'인 게 중요한 사람인데 그런 코드가 맞았어요. 그래서 독자를 대상으로 하는 행사에 찾아갔어요. 가기 전에 지난 잡지도 꼼꼼히 보고 도움이 될 만한 여러 취재 거리를 안고 갔죠. 제가 문화계 전반에 관심이 많아서 아이템도 많았고 관련 분야 사람들도 좀 알거든요. 독자지만, 좀 비중 있는 독자로 연락도 하고 같이 작업하다가 편집진 중 한두 명이 건강 등 개인적인 사유로 그만두게 되면서 제가 들어가게 됐어요.

감을 잃어서 미술을 다시 하긴 힘들 거라고 생각했는데 〈언니네 마당〉에서 일하면서 다시 붓을 잡게 됐어요. 잡지 만드는 과정에서 여러 고비를 넘기다 보니 두려움이 없어지더라고요. 삽화 그리는 건 물론 영업도 하고 아무것도 모르던 세금 신고까지 하고……. 생판 모르는 분야도 이렇게 개척해 왔는데 내가 원래 하던 그림을 못 그릴 이유가 없다는 생각이 들면서 자신감을 찾았어요. 월급이 일정하게 들어오는 일은 아니지만 돈보다 더 중요한 걸 얻은 거죠. 과감하게 집에 방 한 칸을 비우고 그림도 다시 그리기 시작했어요. 일단 시작이 반이더군요. 꾸준히 노력하다 보니 작년에 회화,

판화공방 'Workroom SS'도 오픈하고 개인전도 준비하게 됐어요.

보람 있는 순간이 저 같은 분들이 자신감을 찾아 뭔가를 다시 시작하는 걸 볼 때예요. 제가 아는 일러스트 작가도 저희 잡지에 한 번 일러스트를 그려 주셨는데 그걸 계기로 자신감을 찾아 만화 공모전에 응모를 했고 입상도 했어요. 그게 또 기회가 되어 본인이 좋아하는 일을 하게 됐죠.

사실 아이들 어릴 때 도와줄 사람은 없고 경력은 끊기고 심리적으로도 위축되잖아요. 하지만 언젠가는 다시 나로 돌아간다고 생각하며 자신의 미래를 믿어야 해요. 당장 안 된다고 초조해하지 마시고, 남편과 시댁이 안 도와주고 방해하더라도 집요하게 설득하면서요. 우리, 애도 낳고 키웠는데 못할 게 뭐 있겠어요?

# 엄마 이선빈 님

저는 두 아이의 엄마로 지내는 지금이 참 좋습니다. 철부지 같던 제가 엄마라는 시간을 통해 많이 성장했고 지금도 부모의 자리에서 성숙해 가고 있다고 생각해요. 굳이 밖에 나가 어떤 일을 하지 않더라도요. 아이들 어릴 때는 힘들다고 그나마 인정을 많이 해주는 분위기인데 아이들 좀 크면 갑자기 일해야 한다고 등 떠미는 분위기에 그래서 별로 수긍하지 않아요. 한 사람이 독립적인 존재로 온전히 혼자 힘으로 살기 위해서는 20년 가까운 시간이 필요해요. 아이들이 엄마를 필요로 하는 시간은 점점 줄어들지만 그 사소한 시간은 결코 사소하지 않기에 가정에서 엄마의 자리, 주부의 자리를 지키고 있는 이들에게도 응원을 해주었으면 좋겠어요.

최근에 저에게 일어난 작은 사건은 글쓰기 수업을 들은 거예요. 글을 쓰려면 굉장히 솔직해져야 하잖아요? 무의식까지 끌어내야 하고, 모르고 싶었던 나도 마주 봐야 하고요. 그걸 또 발표하려니 공이 많이 들더군요. 글쓰기에 그렇게 힘을 쏟다 보니 말을 아끼게 되고, 원래 사람들에게 에너지를 많이 썼는데 나에게 좀 더 집중하게 되었어요.

예전에는 외로워서 그냥 사람을 만나기도 했는데 이제 그런 시간을 아껴서 나에게 더 집중할 생각이에요. 내가 어떨 때 행복한지, 무엇을 원하는지 일단은 내면을 잘 정리해 보고 싶어요. 물론 좋은 사람들과 어울릴 기회가 주어지면 기꺼이 시간을 내겠지만, 일단 글쓰기를 통해 이뤄 낸 내면의 변화를 더 단단히 다져 가고 싶어요.

학교에서 무슨 행사라도 있었는지 주차장이 유난히 붐비는 날이었습니다. 주차장 한구석에 간신히 차를 세우고 아이가 나오기를 기다렸습니다. 조금 있으려니 교복을 입은 아이들이 쏟아져 나왔어요. 다 똑같아 보이지만 신기하게도 내 아이는 단박에 알아보게 되지요. 아이는 머리카락을 기분 좋게 날리며 무슨 노래를 부르는지 웅얼거리며 걸어오고 있었습니다. 종알종알 노래를 부르며 걸어오는 아이를 보는데 왈칵 눈물이 날 것 같았어요.

요즘처럼 가을에서 겨울로 접어들 무렵이었을 겁니다. 종일 보채던 갓난쟁이 동생을 겨우 재웠는데 큰아이가 마루에서 노래를 하는 바람에 아기가 깨버렸어요. 잠이 깨서 숨넘어가게 우는 갓난쟁이를 방에서 안고 나온 저는, 아이에게 왜 노래를 부르느냐고, 대체 엄마를 왜 이렇게 힘들게 하냐고 참 무섭게 윽박질렀습니다. 놀라고 겁먹은 두 눈, 엄마의 기세에 울지도 못하고 얼음처럼 서 있던 아이. 엄마가 아기 재우기를 기다리는 동안 혼자 노래라도 부르며 무료함을 달랬을 뿐인데 느닷없는 봉변을 당한 아이. 그때 다 부르지 못한 노래가, 차마 뱉어 내지 못한 울음이 아직도 아이 몸 어딘가에 떠돌고 있을 것만 같아요. 이제 돌봐야 할 아기도 없고 아이들은 제각기 잘 커가고 있는데 저는 가끔 잠든 아이를 어루만지며 혹여 그 울음이 어딘가에 맺혀 있을까 싶어 눈물이 납니다.

지치고 힘든 마음을 아이에게 마구 쏟아 냈던 순간들이 너무 많았습니다. 일하고 싶은데 할 수 없는 상황에 대한 답답함이나 서툰 살림 솜씨로 두 아이 양육을 전적으로 맡게 된 데서 오는 고단함이 뒤죽박죽되어 작고 연약한 아이를 공격했습니다. 생각하면 부끄러운 것은 둘째치고 어떻게 시간을 되돌려서라도 두렵고 서글펐을 그 아이를 달래 주고 싶은데 방법이 없습니다. 이런 이야기를 하면 아이는 "엄마, 아직도 나 다섯 살 때 일 갖고 미안해하는 거야? 괜찮다고 했잖아. 난 기억도 안 난다고"라며 웃습니다.

엄마가 되면서 잃은 게 많다고 생각했습니다. 분명 잃은 것도 있지요. 그리고 엄마들이 출산 이후 자신의 의지와 상관없이 그간의 삶의 이력과 단절되고 사회적 관계에서 소외되고 고립되는 건 분명히 우리 사회가 함께 고민해야 하는 지점입니다. 하지만 그런 논의와는 별개로 제가 엄마가 되어 얻은 게 참 많다는 생각이 듭니다.

희생과 헌신을 필요로 하는 작은 생명을 키워 내느라 반강제로라도 나의 이기적인 본성을 극복해야 했습니다. 엄마라는 이름이 내 삶을 다 압도해 버리지 않게 오히려 내가 누구인지 더 치열하게 고민하기도 했고요. 아이가 건네는 어떤 말 한마디에 가늠할 수 없는 부모 자식 간 애틋함이 밀려오던 순간들은 또 얼마나 많았던지요.

처음 원고를 쓰기 시작할 때는 아이들을 어느 정도 키운 엄마들이 어느 날 문득 삶의 빈 시간을 느끼고 공허해졌을 때, 어떻게 그 막막함을 이겨내고 삶의 주인공으로 돌아오는지 쓰고 싶었습니다. 그런데 원고를 쓰면서 '좋은 엄마'와 '좋은 나' 사이에서 갈팡질팡하며 고민한 그 많은 시간들이 모두 내 인생의 소중한 한 부분이었다는 걸 깨달았습니다. 화려한 무대 의상이나 근사한 조명 같은 건 없었지만 내 인생에서 조연으로 밀려난 건 아니었습니다.

글을 쓰는 동안 외로움이나 서글픈 감정까지 달아나지 않게 붙잡았습니다. 단어 하나를 고르는 데도 많은 고민을 하느라 제 마음을 샅샅이 뒤져 봤습니다. 욕심인지, 욕망인지, 야심인지, 꿈인지, 일상의 풍경 속에서 움직이는 내 마음을 글자로 옮기기 위해서는 더 많은 성찰이 필요했지요.

그 성찰의 여정에서 만난 글쓰기 수업 수강생에게 감사드립니다. 수업에서 오간 진솔한 이야기 덕에 엄마가 된 이후 계속된 혼란이 혼자만의 고민이 아니었음을 더욱 실감하고 글을 쓰는 데 많은 영감을 얻었습니다. 또한 나한테 재능이 있을까, 내 글이 누군가에게 닿아서 무슨 의미가 될 수 있을까, 걱정되고 주저하는 마음이 들 때마다 '좋은 글을 기대한다'라고 응원의 댓글을 남겨 주신 분들에게도 감사드립니다.

바쁜 중에 인터뷰를 허락해 주신 분들과 애써 주신 출판사 분들에게도 감사의 마음을 전합니다. 원고를 쓰느라 바쁜 엄마를 대신해 틈틈이 집안일을 도와준 사랑스럽고 고마운 아이들, 묵묵히 지지해 준 남편과 멀리서 성원해 준 가족들에게도 감사합니다.

이 책을 펼치고 '나오는 글'까지 읽어 주고 있는 독자가 어떤 마음이실지 궁금합니다. 책 속에 드러난 모자라고 어설픈 제 모습이 어떻게 보였을까 걱정되는 마음 한편으로 그래도 이 페이지까지 읽고 계신다면 본문 중에 언급한 '너그러운 독자'가 아닐까 상상해 봅니다. 무형의 시간을 눈에 보이는 글자로 내려앉히는 작업이 쉽다고 느낀 적이 한 번도 없으면서도 계속 하게 되는 건 그런 너그러운 독자들의 지지 덕분인 것 같습니다. 곧 매서운 겨울바람이 불겠지만 이 책을 덮는 순간만큼은 독자 여러분의 마음에 작은 온기가 어리기를 바라봅니다.

223

## 이 책에서 소개한 작품

## 1. 책

「자고 싶다」, 「개를 데리고 다니는 부인」 안톤 체호프, 열린책들

「박완서의 말」 박완서, 마음산책

「인생의 베일」 서머싯 몸, 민음사

「19호실로 가다」 도리스 레싱, 문예출판사

「이것이 인간인가」 (아우슈비츠 생존 작가 프리모 레비의 기록) 프리모 레비, 돌베개

「자발적 복종」 엔티엔 드 라 보에시, 울력

「안나 카레니나」 레프 톨스토이, 민음사

「아름다운 삶, 사랑 그리고 마무리」 헬렌 니어링, 보리

「마가렛 수녀는 왜 모두의 적이 되었는가」 크레이그 할라인, 책과함께

「만들어진 신」 리처드 도킨스, 김영사

「무신론자를 위한 종교」 알랭 드 보통, 청미래

「공부 중독」 엄기호, 하지연, 위고

「호밀밭의 파수꾼」 제롬 데이비드 샐린저, 민음사

「어제까지의 세계」 제레드 다이어몬드, 김영사

「시의 힘」 (절망의 시대, 시는 어떻게 인간을 구원하는가) 서경식, 현암사

「서랍 속의 집」, 「2017 현대문학상 수상소설집」 정이현, 현대문학

〈방문객〉 정현종

「새의 선물」 은희경, 문학동네

「자존감 수업」 윤홍균, 심플라이프

『결혼과 육아의 사회학』 오찬호, 휴머니스트

『한 그리움이 다른 그리움에게』 정희성, 창비시선91

『싸우는 식물』 이나가키 히데히로, 더숲

『내 짝꿍 최영대』 채인선, 정순희, 재미마주

『아픔이 길이 되려면』 김승섭, 동아시아

『도가니』 공지영, 창비

『퍼펙트 마더』 에이미 몰로이, 다산책방

〈살아 있는 것은 아름답다〉 양성우

『살아 있는 날의 시작』 박완서, 세계사

『페미니즘의 도전』(한국 사회 일상의 성정치학) 정희진, 교양인

## 2. 영화 외

영화 《증인》 이한 감독

영화 《돈》 박누리 감독

영화 《맘마미아》 올 파커 감독

영화 《서프러제트》 사라 가브론

영화 《여인의 향기》 마틴 브레스트

그림 《상처 입은 사슴》 프리다 칼로

**스텝이**
**엉키지 않았으면**
**몰랐을**

초판 1쇄 인쇄 2019년 11월 29일
초판 1쇄 발행 2019년 12월 05일

지은이    은수

펴낸이    강기원
펴낸곳    도서출판 이비컴

편 집    윤주은
표 지    호기심고양이
교 열    한미경
마케팅    박선왜

주 소    서울시 동대문구 천호대로81길 23, 201호
전 화    02-2254-0658    팩 스 02-2254-0634
등록번호 제6-0596호(2002.4.9)
전자우편 bookbee@naver.com
ISBN    978-89-6245-172-6 (03810)

ⓒ 은수, 2019

「이 도서의 국립중앙도서관 출판예정도서목록(CIP)은 서지정보유통지원시스템 홈페이지
(http://seoji.nl.go.kr)와 가자료공동목록시스템(http://www.nl.go.kr/kolisnet)에서 이용하실
수 있습니다.(CIP제어번호: CIP2019009680」